LA EXTRAVAGANTE CRUZADA DE UN CASTRADO ENAMORADO

FERNANDO ARRABAL

LA EXTRAVAGANTE CRUZADA DE UN CASTRADO ENAMORADO

«Como lirio entre espinas»
Sicut lilium inter spinas

Seix Barral Biblioteca Breve

Cubierta: «La reina del camión»,
de Fernando Arrabal

Primera edición: febrero 1990

ISBN: 84-322-0616-4

Depósito legal: B. 699 - 1990

Impreso en España

Nuestro querido colega el doctor F.-V. A. fue el principal testigo de los trágicos acontecimientos que vivió el Pabellón de Incurables.

Este documento, que su autor desatinadamente calificó de *novela* es, muy a su pesar, un extraordinario testimonio sobre las graves lesiones que acarrea la enfermedad al cerebro.

Digámoslo sin rencor pero con firmeza, nadie podrá tomar en serio las absurdas diatribas que nuestro amigo se permite lanzar contra las instituciones más respetables del país y muy particularmente contra nuestra sufrida corporación.

Cabe preguntarse si es oportuno publicar semejante soflama en estos momentos.

Doctor C.-J. VÁZQUEZ VARGAS
Director del Hospital Hipócrates

I

Mi idolatrada paloma Cecilia, perfumada de estrellas, supo como todos nosotros que la policía nos acusaba, por pura cicatería y prosaísmo, de una serie de asesinatos. Por su parte mis colegas con envidia de tiñosos habían dado al Pabellón de Incurables, que con tanta prudencia y puntería dirigía, el sobriquete de «Challenger». Pretendían que mis pacientes entraban en aquel último refugio para subir directamente al cielo. Era una ironía que resbalaba sobre mí como la mona sobre la seda.

Si aquellas acémilas hubieran sabido de Medicina la décima parte de lo mucho que yo sabía, no me hubieran cargado con los muertos como los bollos con los hoyos. Puesto que los libros de Ciencia no se confunden, ni tan siquiera en sus páginas más líricas, todos los incurables hubieran debido morir en cuanto caían en mis manos expertas aún pelando la pava.

Abro un primer paréntesis, aquí, que cierro inmediatamente. Sin más. Para que mis recios y profesionales lectores se vayan acostumbrando a mi estilo único. ¡Así se escribe la Historia! Y así conducía yo mi cruzada contra una sociedad como la nuestra que carecía hasta la saciedad de dignidad, de buen gusto y de fabadas.

Siempre me había hecho muy buenos amigos entre mis enfermos más desahuciados y distinguidos, pues fui autodidacta desde que perdí las muelas del juicio. Desgraciadamente eran amistades que el cruel destino abreviaba por lo sano con la ley del embudo.

Theo era mi enfermo favorito. Su vida era de novela de misterio, con alucinaciones, amoríos y crímenes. ¡Pobre Cecilia mía saciada de esplendor! Theo había pasado tres años en el Pabellón a lo legionario. Hubiera podido morir a poco de llegar, como los de su tanda. Únicamente los más recalcitrantes sobrevivían como máximo dos años gracias a mis sabrosas inyecciones. Me había dejado en ridículo con su tozudez treinta veces, puesto que treinta veces había anunciado yo que no acabaría el mes vivo.

Y sin embargo cómo me reconfortaba ver cada mañana a aquel muchacho de veinticinco años que gracias a mí estaba en vida muy a pesar de mis pronósticos de bote en trote como la ruleta rusa. Podía haberle rematado sin más para que cesaran de criticarme a mis espaldas. En vez de eso, de punta en blanco, le recetaba lo mejor que había en el botiquín de urgencia. Un día me anunció que estaba harto de las sulfamidas que le había prescrito con tanta paciencia durante meses. No le gustaba el color verde de las pastillas. Sin pestañear, movedizo pero no versátil, le receté unas estupendas grageas de color rojo. Las tenía de todos los colores en cajas destempladas y a cual más elegante y eficiente.

II

Cuando llegué me sentía tan feliz como el mero entre los pescados. El Pabellón se me ofrecía incitador, jovial y espacioso, aunque fugazmente angosto entre col y col. La culpa de esta estrechez la tenían una autopista y un paredón que acordonaban el edificio como el violín de Ingres. Tan sólo se quejaban del ruido ensordecedor que reinaba en aquel retiro de paz aquellos incurables retrógrados incapaces de ponerse tapones de algodón en los oídos. De los crímenes sólo se quejaban el gobierno y la policía, que eran un hatajo de incompetentes con los ceros a la izquierda. ¡Menudo país de nulidades al rape!

Supe que podía dar a aquel estercolero con calentura de pollo que era nuestra sociedad un ideal como buey marino cargado de topología, erudición y amor morrocotudo.

En el Pabellón yo era el Jefe Clínico y de paso el único médico, por la sencilla razón de que no había otro, pues todo se había perdido menos el olor. Mis colegas me envidiaban a distancia, lo que escocía aún más. Sabían que daría con la solución de todos los problemas médicos del siglo con mi tacto de codos. Mi divisa fue siempre «lo más urgente es temporizar en los días de longaniza». Tenía tantos lemas y tan sagaces que no sólo era modesto, sino que me envanecía de serlo con los siete sabios de Grecia.

Cecilia, mi firmamento de cabellos de oro, sabía que le sería eternamente fiel aun cuando los finlandeses me quemaran la planta de los pies. A pesar de mi fortuita castración tenía sorprendentes éxitos amorosos. Tan asombrosos y desconcertantes que hubiera muy bien podido, si se hubiese presentado la ocasión, practicar el adulterio con can y toros. Barruntaba que esta jocosa diligencia hubiera sido aún más gallarda y casta enredada entre personas tan emasculadas y solteras como yo, pues siempre perdiz cansa.

Y que no sueñe la policía con que voy a referirme en medio del segundo capítulo de mi novela a sus acusaciones, pues las paredes oyen. Si en el Pabellón se moría es normal que también se matara. Estaba hasta más arriba de la coronilla de tantas insinuaciones de navajas en ligas.

Theo no hubiera nunca cometido tales deslices si no hubiera sufrido tanto y eso que no había leído el suplicio de Damiens. Era tan sencillo y tan categórico como una mesilla de noche, por eso le gustaba acariciarse el pecho mientras descansaba. A Cecilia, mi rocío jubiloso, también le gustaba, mientras reposaba, acariciar el pecho de Theo, sin más ruido que las heces.

Por envidia, un par de enfermos al poner los pies en el Pabellón proclamaron que no se dejarían rematar por un matasanos (sic) como yo en semejante antro; antes, aseguraban, preferirían morir. ¡Tanta gente me tenía celos que no daban pie con bola! Si mis padres me hubieran enseñado el sánscrito, a los quince años hubiera sido emperador de Tierra de Fuego echando chispas.

III

Pronto me percaté de que mis incansables y atractivos lectores no sabían nada ni sobre mí ni sobre mi carrera de Medicina que despaché exquisitamente bien en pleno hemisferio occidental.

Tenía que reconocer, modesto pero sin dejar que mi santo se me fuera al cielo, que a la hora de mi nacimiento, a pesar del gran porvenir que todos me predecían, era tan sólo un niño de teta. Aprendí a hablar sin ningún acento extranjero infinitamente más de prisa y mejor que Picasso el francés. ¡Ah, si me hubiera dado por la pintura o, sin ir más lejos, por la cirugía estética a ceniceros tapados!

Decidí en un periquete dedicar mi genio incomprendido a la fundación del Mejor De Los Mundos, pero sin, por ello, pasar por alto mi sublime romance amoroso.

En la Universidad descubrí que los médicos componían un rebaño de acémilas con la excepción de aquellos a los que Mao Tse-Tung dio el título de Doctor en Medicina tras tres semanas de lecciones. Aprenderse de memoria la lista de enfermedades tropicales cuando ya no existen los trópicos, o la de los huesos del páncreas del aviador, durante cinco o seis años de Facultad, no sólo es traumatizante y entontecedor, sino tan antidiurético como los saxofones con peluca.

Una vez terminado el internado, que lo hice mediopensionista y sin escafandra de buzo, escribí mi famosa tesis sobre la castración. Demostré que es hereditaria como el grito del samurai. Por pura integridad deportiva señalé en el epílogo (que lo escribí como prólogo) la excepción que confirmaba la regla: la de una familia de castrados por los cuatro costados que de padres a hijos, durante siete generaciones no habían tenido descendencia ninguna, pasando las noches de claro en claro. Dediqué esta obra maestra de mi ingenio a Cecilia, mi corola transparente como el crepúsculo. Pero los profesores de la Universidad no me leyeron ni con la atención debida ni con clarinete. Peor para ellos, y para la Ciencia. De ahí que mi famosa tesis haya tenido el destino del genio maldito: la ha sepultado un silencio sazonado de indiferencia al que sólo faltó mi oreja cortada batiéndose el cobre.

Mis padres me trataron como a un niño; mi madre, hasta su dramática y resbaladiza desaparición nunca olvidada, aunque yo tenía entonces treinta y seis años me metía en la cama con un sonajero que empinaba el codo. Yo no me mosqueaba porque a aquella edad tenía ya mucha mundología y además nunca me molestó la música de cámara. Murieron de la manera más tonta y accidental, como podrán constatar mis avispados y bienolientes lectores. Mi padre conducía un imprudente automóvil que ni siquiera era de carreras y al mismo tiempo, para mayor desenvoltura, iba bebiendo a doble llave. Mi afortunado progenitor ignoraba que la abstinencia es recomendable sobre todo cuando se practica con moderación. Tampoco lo sabía la pared que con tanta determinación salió al encuentro, intrépida, del coche del autor de mis días, lanzado a ciento setenta y tres kilómetros por hora, como el sepulcro del Cid. El trance le pilló a mi venturosa alumbradora en plena camorra con su marido. Era una maravillosa rebelde de armas tomar: sólo estaba en paz peleando. Cuando murieron, como dos angelitos livianamente guerreros y profundamente beodos, comprendí, súbitamente, que ya no era un huérfano. Cecilia, mi firmamento de encajes estremecidos, podía comenzar a esperarme, pues cualquier tiempo pasado fue mejor.

IV

Una de las características de mi novela es que estaba plagada de párrafos que no tenían relación ninguna con ella. Lo cual no me impedía conducir mi cruzada hasta los cuernos de la luna.

El primer día que vi a Theo, que fue inexcusablemente el día en que le conocí, tuve una circunspecta corazonada al verle tendido en la cama y además acostado como el que inventó las gallinas. Le pregunté si no nos habíamos visto ya en Birmania cazando perdices. Con esa sonrisa tan amarga que tenía me respondió que nunca había puesto sus pies en Birmania. Tuve que admitir que por mi parte yo tampoco conocía tan irrompible país y que en mi vida había cazado ni por asomo, a pesar de que había seguido, sin blanca, varios entierros de la sardina: amaba a los animales sobre todas las cosas y a mí mismo como al prójimo, sin mentar al rey de Roma. Caímos en la cuenta de que seguramente eran otras dos personas ajenas a nosotros los que se habían conocido en Birmania..., pero nuestra amistad brotó de aquel incidente como la perdiz de su cascarón, pues era de noche y sin embargo tosía.

Un día escribiría una novela como ésta y contaría cosas tan extraordinarias sobre el Pabellón que todo el mundo me creería a pies juntillas y el que no diera crédito a mi relato hubiera podido venir a verme, si se atrevía, para que le escupiera en sus morros y sin ayuda de una llama.

En el Pabellón de los Incurables (que así como lo llamaban las autoridades para escarnio monomaniático de mi misión imposible) no había enfermeros, ni enfermeras, ni administrativos, ni monjitas, ni limpiadoras, ni cocineros, ni practicantes, ni perritos que nos ladraran. Todo el «elemento humano» se reducía a los pacientes y a mí, por eso no se sorprendían los que me veían vaciando orinales, cocinando potajes, conduciendo mi cruzada, fregando la loza o poniendo inyecciones, fueran o no contemplativas de paños menores.

Al Pabellón no se acercaba ni Dios, con perdón de los creyentes y de los filatélicos. Todos los de fuera temían infectarse con el virus, únicamente porque la enfermedad era contagiosa. Mis colegas tenían además tanto miedo al qué dirán que sólo hablaban conmigo por teléfono y con guantes esterilizados. ¡Y pensar que así querían cazar perdices en Birmania!

Mis amigos más entrañables y cromáticos eran las ratas. ¡Y qué aguante, no se morían ni a tiros! ¡Qué diferencia con los enfermos! Éstos, salvo Theo, no pervivían en el Pabellón nunca más allá de dieciocho meses echando sus cuartos en las espaldas. Sobre esta enfermedad tan cargante, dada su novedad, desde tiempos inmemoriales se había dicho o escrito cualquier cosa y recíprocamente, pues el que tiene capa, escapa. Todas las indicaciones, diagnósticos, estadísticas y síntomas que se daban con una perseverancia y primor filipinos eran siempre tan postizas como colaterales. Recuerdo a un colega que había defendido hacía años la tesis de que a los pacientes los trastornaba la enfermedad y morían dementes y con las cuatro eses del enamorado.

Felizmente, las autoridades construyeron desde el primer día un paredón en torno al Pabellón para aislarnos. En verdad gracias a él vivíamos los enfermos y yo como ventajosos críticos preservados de un mundo a dos velas como el mentir de las estrellas.

V

Muchos años antes de que en las más originales comisarías del país naciera el rumor, como salto de rana, de que se estaban cometiendo una serie de asesinatos en el Pabellón, mis colegas se negaban a poner los pies en él, como ya había dicho y repetido a prueba de ripios. La profesión, con el Colegio de Médicos a brida suelta, me boicoteaba hasta el bofe, pero sin decimales. Aseguraban que yo era un imbécil. Eso mismo, les repliqué, habían dicho en su día de Einstein, de Galileo, de Copérnico, de Aristóteles y de Pedro Antonio Zabala. Y, además, este último lo era haciéndose el sueco.

Aquel aislamiento limpio de paja y polvo al que estaba sometido, haciendo la plancha, me permitía innovar. Inventaba a destajo y a sangre fría sin que nadie me criticara con la maza de Fraga. La primera norma que promulgué estipulaba que a los agonizantes se les vistiera de frac.

Tuve otra serie de ideas la mar de interesantes y ventiladas sacando raja. Se truncaron como almas de cántaros al no recibir las subvenciones inmanentes y fatales que el gobierno con sus bailarines derrochaba con los agujeros en las manos. Por ejemplo: pedí que se explotaran minas de chorizos, que se construyeran en el fondo del mar aceras con azulejos, que se celebraran los campeonatos de billar sentados en columpios, que se dieran conciertos de violines tocados por las pestañas de un pelirrojo, etc., etc.

Theo era mi paciente más taciturno; su resistencia le amargaba cuando salía el sol por Antequera.

A mí me daba tanta pena verle sobrevivir que sólo me hubiera enlutado más verle morir. Su cara, en su día amarfilada, se tornaba verde como la rutina o la indecencia. Una mañana, solícito y calavera, le pregunté «¿qué puedo hacer por usted?» y me respondió, misántropo y recitador, «esperar a que madure».

En verdad en el Pabellón de los Incurables, que con tanto acierto y locuacidad dirigía, no ocurría nada que no sucediera de muros afuera y viceversa, incluso durante los fines de semana. Como médico que soy puedo afirmarlo gracias a mi agenda de sangre azul. Los que fallecían nos contemplaban desde lo alto dando vueltas en sus tumbas bajo tierra. ¿Sorprendía a mis controvertidos lectores? Pero si dudaran de mi palabra, su falta de confianza me hubiera atravesado como un nudo en la garganta. Pero que no se enterara Cecilia, mi sinfonía de seda y anhelos, pues por entonces el que se iba a Sevilla perdía su silla.

La policía, con su prosaísmo tan vulnerable, comenzó a preocuparse por el Pabellón el día en que se dieron cuenta de que se producían muertes sospechosas como la pájara pinta. Hubiera aceptado hablar por teléfono con ellos de Theo si me hubieran jurado que no se dejarían sobornar con unas pastillas de cocaína, que no meterían mano a las enfermas, que no robarían la mantequilla de la nevera, que no se emborracharían con alcohol de quemar, etc., etc.

El cruel destino me había metido con camisas de once varas en un mundo tan contemporáneo como corrompido y carente de dignidad.

VI

Al primer policía que me llamó por teléfono le advertí con sutileza cuadrada que los flamencos rojos son unas aves zancudas muy comunicativas y afables, pero que no podía decir lo mismo de la policía. Los jóvenes agentes dejaban mucho que desear y no se les podía comparar con los carabineros, ni aun comiendo más que el Papus.

Aquella voluntariosa mañana del telefonazo comenzó de carretilla. Estaba fregando el suelo del dormitorio del primer piso cuando la bocina me anunció la llegada del macuto andando a la sopa boba. Con las medicinas y la comida venía la eterna y glotona carta del Director General de Sanidad repleta de los consabidos e irresolutos consejos que yo quemaba sistemáticamente a flor de agua, sin leerla. Por eso supe que, una vez más, me pedía explicaciones, como si yo fuera un escote. Por teléfono no se atrevía a dirigirse a mí en semejante tono de rabo por desollar. En cuanto reconocía su inconfundible y acaudalada voz le cortaba el pico y la comunicación. Estaba de encuestas policíacas y sanitarias hasta el mismísimo moño del hortelano que ni come ni deja comer.

Subí a ver a mi cisne de púrpura, mi amada Cecilia, en el cuarto de Theo. Él estaba devorando un libro sobre la obra de Rafael. Que un enfermo del Pabellón leyera un libro de pintura me pareció tan palpitante como que un hambriento oyera freír un huevo. Theo sin embargo dijo, mustio y parcial, que le gustaría que en su habitación se colgaran un par de cuadros del Renacimiento. Por lo visto pensaba que me quedaba tiempo para pintar mientras los enfermos dormían haciendo números por las paredes.

Mi conversación con el policía me había dejado un gusto de aguarrás, líquido que aún no había probado desde Pascuas a Ramos. Antes de buscar una aguja en un Palmar le propuse un razonamiento filosófico para adiestrarle a las facundias de una encuesta criminal: «El discreto no duerme con víboras, pero como ningún asesino es indiscreto, se deduce que ningún asesino conversa con víboras.» El joven agente del orden no comprendió una demostración tan inimaginable y equívoca pero se empeñó en continuar sus pesquisas, por pura cabezonería y aprensión, por teléfono. Temía enamorarse locamente de mí si nuestras miradas se cruzaban el espacio de un segundo, como la doble llave del sepulcro del Cid.

Para no herir su suceptibilidad con un voto de confianza decidí, como capitán Araña, ocultarle a Theo mi conversación con el policía en do de pecho. Era mi paciente más antiguo, por una razón descomunal había llegado al Pabellón antes que todos los supervivientes y sin echarles la escandalosa. ¡Consideraba con tan sana envidia a los que partían para nunca más volver! La enfermedad no llegaba a acabar con él: «Soy para ella —decía— un cigarrillo con filtro.»

El apuesto policía me preguntó, montaraz y largo de lengua, si no me estaba volviendo loco. ¡Más quisiera la Facultad! con las habas contadas.

VII

«Había», una palabra como ésta no la esgrimía sin ton ni ron. Decía que «había» llegado el momento de explicarles a mis propicios y simbólicos lectores que nunca olvidaba todo lo que deseaban saber mientras tomaba un té chino a pesar de que no hablaba ni una palabra de esta simpática y encomiable lengua. El Pabellón de los Incurables que orientaba, encarrilaba y regía con tanta filosofía en cueros, gozaba de un paredón circunferenciante como capilla ardiente. Esta didáctica muralla de cemento estaba graciosamente adornada por un tupido ramaje de alambradas virulentas y de cables de alta tensión eruditamente trenzados con una rana al aire.

En el encopetado paredón se hallaba una disimulada puerta, a modo de esfínter sin jarabe de pico, por el que la Humanidad que nos circundaba evacuaba a sus incurables.

Los enfermos eran expelidos hacia nuestro habilidoso Pabellón en un abrir y cerrar de puertas tan expedito como uña de caballo. Irrumpían en nuestra clausura de un tirón, tendidos en una camilla de ruedas que para más inri llevaba por debajo el célebre y vital macuto con las medicinas y los alimentos. Gracias a aquel cordón umbilical resolvía como alma que lleva el diablo todos los problemas de tratamiento y pitanza, sin hacerme un ovillo.

Esta puerta, entre otras habilidades, sabía tocar entre dos zancadas la bocina; con ella nos anunciaba todas las mañanas, cacareando como si hubiera puesto un suevo, la llegada de un nuevo enfermo: *infir-*

mum habemus. Esta abertura tan cerrada en nada se parecía a una motocicleta, puesto que sólo servía para entrar en el Pabellón pero nunca para salir de él. Los enfermos que trataron de escaparse por ella fueron repelidos de forma ridícula y eléctrica. El último espontáneo, sin quejarse de vicio, falleció en el tiempo cabal de su intentona de fuga, pero no conseguimos dilucidar ni con calabazas si la causa de su tránsito había sido su enfermedad o la electrocución. Luego ya nadie la atravesó durante los estoicos segundos que la puerta permaneció entreabierta... aunque no por falta de velocidad, ni de arroz ¡Catalina!

Los pacientes preferían vivir otra clase de aventuras menos fortuitas pero más peripuestas, como ir de vacaciones a Honolulú, sin moverse de la cama, con una brigada de artilleros mexicanos, o planear a bordo del caballete de Delacroix en los parajes de la Osa Mayor.

Los había, más respetables e indolentes, que soñaban con que eran la primavera. Que aquel que pretenda juzgarlos no olvide que en el Pabellón no había dinero y que para no desorientarse sacando los pies de las alforjas, los enfermos utilizaban billetes de todas las divisas que ellos mismos confeccionaban como si fueran Fuegos de San Telmo..., incluso de 27 dólares, lo cual era aún más meritorio y refrescante.

Sin los de más allá del paredón, nuestra existencia carecía de sentido, como la de un mes de mayo que no hubiera tenido su abril correspondiente. En el Pabellón, yo era el ser que más se parecía a mí mismo. Con esto lo había dicho todo.

VIII

Antes de la construcción del paredón fui elegido Jefe Clínico del Pabellón de Incurables por unanimidad sin que me faltara un voto, lo cual es excepcional e irrevocable en una profesión como la nuestra tan dada al tango. Mis métodos sorprendían por su modernidad y su engrudo. Trataba a los enfermos, para escándalo de mis colegas, como si fueran seres humanos incluso cuando agonizaban. Recuerdo que a un incurable la mar de majo le dije, más fácil que un camello en una aguja: «Mi querido y casto amigo Poliomielitis, o mi estetoscopio no funciona o usted. está ya cadáver.» Me respondió enfurecido y con muy poco tacto: «Le prohíbo que me llame Poliomielitis en presencia de mis amigos.» Tenía razón, debo confesarlo sin cinturón de seguridad, puesto que se llamaba Pancracio, pero era un susceptible de montaña rusa; para mayor escarnio y cuarentena no murió de susceptibilidad sino de tifus, sin que yo tuviera la culpa como consta a cal y canto.

Años antes de ser nombrado Rector del Pabellón, asistí a aquel famoso banquete en el cual expuse tan brillantemente mi audaz y codiciada teoría sobre la Medicina. Estaba tan entusiasmado que al tratar de limpiarme los zapatos con un huevo pasado por agua, me los froté con un tomate de ferretería. Aquel traspiés tan inocente como el método Ollendorf causó una pésima impresión. El Director General de Sanidad me advirtió que la próxima vez que me invitara a comer me dejaría encerrado en el Hospital.

Mis colegas fomentaron el bulo de que menospreciaba a los Médicos y a la Orden, tan sólo porque los denigraba como Gramática Parda. Demostré, a prueba de cala, que las únicas enfermedades que pretendían curar eran las que ya habían desaparecido... sin intervención de la Medicina. Un podólogo comenzó a gritar desaforado como si hubiera descubierto un distribuidor de tachuelas clandestino: «¿Y la tuberculosis?» «¡Hemos suprimido la tuberculosis!» Me reí a carcajadas como si yo mismo me hubiera contado un chiste pendiente de un hilo. Les puse al corriente de una página de la Historia de las Enfermedades que ignoraban en camisa: «De tuberculosis morían, en 1812, 700 personas de cada 100.000; en 1882 (año en que Koch descubrió el bacilo) tan sólo 350; en 1904, año en el que se inauguró el primer sanatorio antituberculoso, el número de muertos había bajado ya a 180; y en 1944 cuando un biólogo (y no un médico, señalé ensortijado) llamado Flemming descubrió los antibióticos, ya sólo fallecían 48 por año. La tuberculosis ha desaparecido sin intervención médica alguna como la peste y el brasero y presentemente renace de la misma manera.» Lo dije todo de un tirón porque lo tenía en la punta de la lengua. Mis colegas me abuchearon hasta las papillas y eso que cerré los oídos como una tapia.

Salí del comedor como había entrado, aunque con los zapatos embadurnados de tomate. Mi disidencia había comenzado con buen pie.

IX

Si no hubieran abolido la guillotina, a Theo le habrían ejecutado en la silla eléctrica y luego, para mayor garantía, lo habrían ahorcado con una bata de la nuca. La tenían tomada con él. Decían que sus crímenes eran tan espeluznantes y depravados que parecían, con las botas puestas, aparentes o apócrifos. Cuando en la cárcel se percataron de su enfermedad, le enviaron al Pabellón de Incurables aterrados y aliviados como los pelos de punta. El vivaz Director del Penal, que en paz descanse, me informó por escrito, según le salía el tiro por la culata, que Theo tenía varias particularidades en común con los más sádicos criminales y otras en común con los icebergs.

Theo me ayudaba benévolamente a cuidar a los agonizantes del Pabellón y, por si fuera poco, como abogado de secano se encargaba del huerto. Se había formado a su aire un vergel, entre el paredón y el recinto del Pabellón, aunque ni el uno ni el otro eran expertos en hortalizas. Theo tenía sus ideas, por ejemplo no arrancaba las coliflores para que no se ajaran. Era un huerto tan especial y categórico que en él, a modo de *sui generis*, sólo crecían y maduraban las hortalizas que previamente se habían plantado, a pesar de los experimentos que se hicieron con acelgas cocidas. Theo arrancó de raíz todos los rosales; no le gustaban ni los colores sablistas de las rosas ni sus diseños exfoliados, y el aroma político que despedían, hechas un basilisco, le repugnaba. Para colmo, aseguraba que les habían puesto nombres ridículos sin cambiarles de chaqueta. Era un esteta como un pino de oro. Según él, las tan cacareadas rosas no tenían ni la fuerza suficiente como para hacer tambalear a una apisonadora, ni la energía tan necesaria como para dar electricidad a un faro.

La policía, sin dar su brazo a morder, no quería que los enfermos por inadvertencia murieran atendidos hasta el último suspiro por Theo. ¡Qué falta de imaginación entre la espalda y la pared! Y luego decían que yo deliraba y divagaba; lo cual era inveteradamente absurdo por partida doble y sin trabárseme la lengua.

Filantrópico y con magdalenas le propuse a Theo que, dado su carácter burbujeante, escribiera una novela como yo. Me sorprendió la línea de flotación cuando me dijo que ya había pensado en el argumento. Su novela contaría la saga de un Pabellón de Incurables contagiosos hasta las cejas y aislados del mundo por medio de cables de alta tensión, un paredón y alambradas chillonas. En el dicho Pabellón, para mayor emoción, todos los días llegaba del exterior un nuevo enfermo contagioso con cajas destempladas, al tiempo que haciéndose el encontradizo, uno de los de dentro moría. Realmente Theo tenía una imaginación que no le cabía en su lecho. Con decir que una vez me espetó sin anteojos: «¿Se da usted cuenta de la sartén que se necesitaría para freír el secoya del parque?»

XII

Me he visto forzado, con el pie en el estribo, a suprimir los capítulos X y XI: sucedieron acontecimientos demasiado ininterrumpidos, hubieran podido incomodar el honor de Theo que lo llevaba siempre dentro del riñón.

Mi relación con Cecilia, mi lis de aurora, había alcanzado un nuevo paroxismo. Amorosamente le advertí que estaba moviendo el azúcar de su taza de café al revés. Envalentonado por aquel preámbulo tan prometedor en su planta baja, no le pregunté cuál era su nombre porque hacía años que lo conocía. Estaba a punto de llorar recordando aquellos años de silencio bebedizo cuando, sin reloj de arena, la tenté con mil amores. Me respondió, al compás de sus ebúrneas piernas, que estaba enamorada de Theo. Esto me daba la oportunidad de vivir sin contrariedades un amor contrariado con la mujer que me amaba.

Como Cecilia, mi mariposa de menta y mirra, tenía su habitación en el primer piso del Pabellón, pasaba delante de su cama acérrimamente a babor y estribor. Cualquier cosa me servía de pretexto abarquillado para conversar con ella y muy especialmente cuando me disfrazaba de mí mismo. Le preguntaba románticamente si la mesilla de noche seguía sosteniéndose, sin hacer hincapié, sobre sus cuatro patas. Ella me respondía, con el mismo deje, y me pedía que le pusiera una inyección de retrovirina. Aprovechaba el lance para preguntarle si la prefería templada, caliente o fría. Y nuestro amor se elevaba con el corazón en la mano.

Amén de la policía, algunos enfermos nada cooperativos acusaban a Theo de servirles las comidas con un veneno que sabía a mala sombra y que además empachaba. Los tranquilizaba explicándoles, por el ojo de una aguja, que la muerte llega a la hora indispensable, ni un minuto antes ni después, a pesar del progreso del atletismo. Además, Theo se pasaba lo mejor del día dando bastonazos a las acelgas del huerto para que maduraran al vuelo.

Todos aquellos acontecimientos tan propagandistas me mostraron que con la aspirina la muerte era a prorrata el mayor descubrimiento que había hecho el hombre sin comérselo ni bebérselo. ¡Y pensar que en aquella situación permanecía encerrado en el Pabellón de Incurables, cuando había tantos rinocerontes y dromedarios ajenos a nuestras declinaciones!

La policía, sin telescopios para mayor escarnio, me seguía pidiendo informaciones telefónicas y a la bartola sobre las defunciones de incógnito. Por si fuera poco, una vez más mezclaban a Theo en aquel asunto de tan mal gusto. Les respondía que yo era un desconocido a pesar de que nunca lo fui para mí mismo.

XIII

Antes de que comenzara a escribirse la heroica epopeya de mi Hagiografía —misión de la que me encargo, montado en versos, en esta idílica y nunca bien ponderada novela— mi amistad con el ratón Héctor era ya tan apretada como gaseosa. Por entonces, el actual y atrincherado Pabellón de Incurables no existía, en su lugar y hasta el tope lucía el Pabellón de Enfermedades Tropicales. Este pabellón, en aquella época, anterior a la construcción del paredón, era una parte del conjunto de clínicas, consultorios y dispensarios que formaban en total, al mismo tiempo y en globo, el Hospital Hipócrates, dada la falta de cultura y platillos de mis colegas. En aquella era ante-paredón yo era un médico tan maldito como vilipendiado, si no más, pues llovía sobre mojado. Cuando los médicos se iban por las noches yo bajaba al subsuelo para contarle al ratón Héctor lo mal que me trataban mis colegas por pura envidia epigramática. Luego le rascaba su tripita y ronroneaba como un gato a pesar del antagonismo atávico entre las dos especies.

La primera vez que di con Héctor en el subterráneo del Hospital llevaba mi estetoscopio al cuello con el rábano por las hojas. No había visto al ratón y comenté distraído, y para mí, pero en voz alta a causa de la acústica: «¡Qué calor hace esta noche!» Héctor, como la cosa más natural del mundo y aunque nadie nos había presentado, comentó: «Pues tiene razón usted, hace un calor bochornoso.» No pude por menos, a pesar de mi voluntad unitaria, de subrayar mi sorpresa: «Es la primera vez que oigo hablar a un ratón.» «Y yo también», replicó Héctor al alimón y en duplicado con mi estetoscopio.

De esta manera tan inagotable como delicuescente comenzó una amistad que no iba a cesar de enriquecerse con las fluctuaciones del mercado negro. Tras aquel inocente y sofocante intercambio de palabras, nuestras relaciones iban a alcanzar la intimidad inseparable del apetito con el despertar. Si una noche no bajara a verle —cosa que nunca ha sucedido, ni puedo imaginar—, Héctor se moriría de hambre y yo del sarampión.

A Héctor le he contado con pelos y señales lo que es un paradigma, y con categoremas metafísicos lo que es un elefante, cosas que él sabía ya hasta la consumación de los siglos. Los ratones son muy eruditos y forasteros.

Hace dos años, Héctor me presentó a sus sobrinos, a sus abuelos, a sus sobrino-nietos, a su padre, a sus tíos, a sus tío-abuelos... ¡Qué familia tan limpia! ¡Cuando pienso en esos clanes escuchimizados del mundo que nos circunscribe más allá del paredón! ¡Familias ínfimas sin consultar con la almohada compuestas en el mejor de los casos y mejorando los presentes de una madre, un padre, un hijo y un televisor!... Y cuántas veces sin hijos y cuántas veces sin padre, y aun sin madre... y en la mayoría de los casos reducida a un simple televisor, sin tiempo para rascarse.

El sábado en que hubo eclipse de sol, Héctor vino a verlo al huerto del Pabellón, pero con un termómetro en la boca para no marearse.

XIV

El comisario me llamó por teléfono con tono distinto al de su compañero de armas. Pero en el fondo volvía sobre el mismo tema con consanguinidad transitiva. Se había emperrado en que sustrajera los enfermos que debían de morir en el Pabellón de los que en verdad morían al pie de la letra. En verdad, todos aquellos cálculos metidos en vidas ajenas iban destinados, como pelillos a la mar, a acusar a Theo del mucho trigo. Le hice ver finalmente que en el mundo morían diariamente más de cien mil personas a modo de estadística y que Theo, encerrado detrás del paredón del Pabellón, no podía decentemente a pesar de su fisiología asesinarlos a todos.

Nuestro diálogo telefónico, para su educación pública y de pago continuó por estos derroteros con flemones:

—Caballero, me dice usted que me está llamando desde la Comisaría de Versalles... cuando es sabido de buena tinta que Versalles no existe.

—No se haga el loco, doctor. Quiero que sepa, y permítame que se lo diga con toda la deferencia que me merece, que Versalles es una ciudad situada a 18 kilómetros de París.

—Señoría, estoy convencido de que, a pesar de su buena voluntad, usted está confundiendo Versalles con Verona a causa de las dos primeras letras.

—Le estoy exponiendo los principales elementos de una encuestra criminal... y usted, doctor, pone en duda lo que no ignora ningún niño de Escuela de Párvulos.

—Es sabido, Excelencia, que en las escuelas de hoy se enseñan los mayores disparates en latín. Le informo, mi ínclito comisario, que Versalles, sin ir más lejos, fue enviada en olor de santidad en dirección de Marte. Los más ancianos de la localidad estiman que amartizará en tan nutritivo planeta el mes de febrero de 1897 que es bisiesto por línea materna. Lea si no me cree el Informe Secreto y Provisional del Instituto Merlín.

—Por favor, doctor, le ruego que tenga en cuenta que Theo es un peligrosísimo criminal.

—Y yo le pido, Ilustrísimo, que cese de llamarme por teléfono desde una ciudad que fue rayada del mapa en el año 2387. Ciudad que por otra parte está infectada de estanques de cerveza pútrida en los cuales han perecido estrangulados todos los cisnes.

—Doctor, prométame que Theo no servirá más las comidas de los enfermos del Pabellón.

—Le brindo un consejo: no beba ni una gota de cerveza si quiere llegar a ser guardia de la circulación, señor comisario.

Aquel agente del Orden no comprendía mi genio. Sin embargo, para no vejarle le pedí que me enviara un kilo de limones negros. Me replicó, cicatero, que los limones son amarillos. Me vi en la obligación de advertirle que los limones tienen la corteza roja porque son negros. ¡Pobre hombre!

XV

Cuán difícil resultaba en aquellas condiciones óptimas proseguir mi tarea científica en el Pabellón de Incurables. Por si fuera poco, los de fuera en sus continuas llamadas telefónicas no cesaban de insinuar, entre chicha y nabo, que me estaba volviendo loco, que me expresaba de forma absurda y que el agotamiento estaba atacando mi cerebro con la lengua fuera. ¡Olímpicamente yo les oía a tontas y a locas!

No obstante, animaba a los enfermos asegurándoles con los dientes largos que las medicinas que nos enviaban con el macuto por el esfínter del paredón eran ineficaces tan sólo porque sin prejuicios no servían para curar la enfermedad. Cuando se quejaban de que el tiempo transcurría lánguidamente, les hacía ver que nuestros relojes eran tan suizos como los de Greenwich aunque con una hora de verano menos. Las distracciones no faltaban para aquellos que sabían mirar por la ventana los entierros en el huerto que cavaba Theo a flor de tierra. Un incurable, exasperado como los chorros del oro, me preguntó si realmente era médico. A una pregunta como ésta no se contesta, por ello le respondí que sí lo era.

Si Cecilia, mi paraíso nacarino, aún no reconocía estar locamente enamorada de mí, era a causa de algún traumatismo que marcó su infancia; me preguntaba si su nodriza no le había dado el biberón con un paraguas o si su profesor de trigonometría no se había quejado de su manera de resolver sus problemas de acné. Estas bofetadas del destino haciendo novillos le impedía vivir la apasionante aventura amorosa que tan generosamente le brindaba mirando al público. Estaba tan prendado de ella que en cuanto la veía me brotaba un chorro de espuma por la frente y se escapaban un sinfín de mariposas de mi amor propio. Felizmente nadie se daba cuenta salvo exclusivamente los que me rodeaban. Cuando ella esquivaba mi mirada tenía una manera tan teológica de clavar sus ojos en los míos, que ganas me entraban de besarle como boca de lobo.

Un día creí comprender que Cecilia, mi palomita de inacabable rocío, temía ser víctima de un complot urdido por el comisario y por mí para robarle el tobillo izquierdo. Cada día la amaba con más diccionario y eso que no había visto nunca sus rodillas, aunque sí sus pantorrillas por razón de mis auscultaciones tan innecesarias como pudorosas.

Pensar en ella y paralelamente hacer las camas, quitar el polvo, lavar la ropa, poner inyecciones, fregar los escalones, recetar medicinas, limpiar los retretes, diagnosticar recaídas, cocinar las comidas, etc., etc., era arrebatador de bote y voleo. Sin contar con que tenía que, para matar el tiempo, tranquilizar a los enfermos cada vez más escamados con la conducta sin títere en la cabeza de Theo. Y sin embargo... quizá porque su cociente intelectual era tan alto como su talla, los agonizantes morían en sus brazos felices... en un lecho de rosas.

XVI

¡Sucedió hace tanto tiempo! Acepté el puesto irrecusable en el Pabellón, pero dejando a salvo mi colección de pompas de jabón. Como hace tres años y medio que me encerraron con los incurables, puedo decir, hospitalario, que han pasado ya cuarenta y dos meses. Mis colegas me despidieron conmovidos por vez primera, se imaginaban que me recluían en el Pabellón para nunca más volver, lo cual era cierto como una cana al aire. Yo sabía, más náutico que ellos, que toda perpetuidad tiene sus propios límites como el Paraguay o la Atlántida.

Poco antes de cerrarse definitivamente la puerta de comunicación con el exterior para siempre jamás, los enfermos y yo nos sentimos desamparados a pesar de que la policía nos empujaba con las decorativas culatas de sus convincentes mosquetones. Los guardias, al cerrar la puerta de hierro con un portazo tan antojadizo como diligente, pillaron las manos y los pies de algunos de los enfermos. En honor a la verdad y a sus venerables familias debo reconocer que el recorte de dedos espachurrados por motivos pórticos no les impidió morir con las botas puestas, cuando les sonaron sus horas meses después del incidente.

El Director General de Sanidad me exhortó, aquel último día, a que tuviera paciencia. Comprendí que se consumía de envidia, tenía que reconocer que él no era yo ni tan siquiera Newton. Los enfermos entraron en una fase aguda de melancolía y además los pijamas les estaban anchos de espalda. Algunos se pusieron a considerar el paredón como una función religiosa y a las alambradas y cables de alta tensión como sus categorías ascéticas. Ninguno, ni siquiera los que se convirtieron al misticismo mejor planchado, pudo demostrar la inmortalidad del alma. A pesar de ello muchos dormían con palomas en previsión de una perdurabilidad siempre posible desde tiempos de Maricastaña. En el segundo piso un grupo de incurables me notificó por escrito su preocupación: «Si la inmortalidad llega como una niña mimada y sin hacer ruido, ¿dónde veremos la televisión mientras merendamos?»

Una vez la puerta cerrada, el Director General, con un altavoz, nos gritó con pocas palabras: «Confiad en la Medicina», y se marchó a veranear con los derechos humanos.

Ver el pabellón día y noche observado a distancia por una caterva de guardias, prismáticos, teleobjetivos, mirones, fusiles, curiosos y miradores, me producía una sensación con las sábanas pegadas. La acreditada sentencia «pienso, luego existo» quedaba evidenciada por sí misma sin tener que esperar el resultado de las quinielas.

XVII

La vida de Theo, desde que a los tres años su madre lo vistió de teniente sudista para un Concurso de Disfraces, explicará a mis atractivos aunque cultos lectores las razones de sus traspiés. Durante años fue el testigo principal y además único de las maniáticas relaciones entre su padre y su madre. Corriendo parejos y hechos dos brazos de mar, sus dos procreadores lo educaron como dos reversos antagónicos de la misma medalla. Pero a todo esto me referiré en los capítulos correspondientes e inconmensurables a menos que no sigan interrumpiendo mi obra y clavándome los dientes con las llamadas telefónicas. Ahí estaba el quid a duras penas.

Años antes de que nos desterraran por medio del paredón, los ratones correteaban sin faltar una coma por los subsuelos de todas las dependencias del Hospital Hipócrates. Cuando me encerraron con los incurables en el Pabellón, los ratones, bajo tierra, continuaron su ir y venir moralizador haciendo caso omiso y proporcionado del paredón que separaba en la superficie, sanos de incurables, como puntos sobre íes. Pero la ausencia de esta muralla subterránea les permitió entrar y salir sobre todo teniendo en cuenta que trepaban por el paredón sobreterráneo y atravesaban las alambradas sin llevarles la contraria, pues ninguno se electrocutó entre los renglones.

El ratón Héctor se interesaba sobremanera, como la pendiente de un hilo, a mis apasionantes relaciones amorosas con Cecilia, mi torrente de perlas. Respondía a todas mis preguntas cuanto más inefables mejor. Me decía, sin hacer pie, «amar es preferible a odiar por razones sentimentales». Como era tan miope, especialmente cuando miraba desde abajo a un ser como ella acostado en una cama, me preguntaba si Cecilia era guapa. Yo le contestaba que Cecilia, mi brisa de perfumes pulverizados, era tan hermosa como descorazonadora, lo cual me hacía dudar de la penicilina.

Héctor veía con muy malos ojos que oyera las denuncias telefónicas y homicidas de la policía. Para Héctor el comisario era un ser débil entrado ya en vereda, por eso me pedía que le hipnotizara cantándole una aria de Schubert. Quería que permaneciera sordo a todas sus mudas llamadas a la colaboración, y que cuando se tornara más exigente me envolviera en una cama de plumas de avestruz.

Héctor me decía que también había incurables entre las ratas como prueba de discriminación inconcebible.

XVIII

Si todos los que me hablaban por teléfono y creían tener razón no se hubieran confundido en sus apreciaciones sobre Theo, no cabía duda de que hubiéramos podido saber mucho sobre sus intenciones, e incluso todo lo contrario si se miraba al revés. Sin gritar pero con firmeza le dije al comisario que a Julio César le entró un puñal por el sobaco y al soldado desconocido una bala por la sien sin necesidad de que ambos hubieran vivido sus últimas semanas en el Pabellón de Incurables entre los brazos de Theo. Para ganar tiempo con el tiro por la culata le pregunté si no era posible considerar que el culpable de aquellos descuidos mortales no podía ser otro que un adorable bambino descarriado. El comisario, incivil, me replicó: «Doctor, no se vaya por los cerros de Úbeda con pies de plomo.» Cuando observé que mi estilo le calaba, como el elefante en el coito, le mostré en una palabra mi rebuscada espontaneidad, mi artificial sinceridad y mi peor buena voluntad; le pregunté a bocajarro si conocía las curvas, hipérboles y parábolas que formaban las líneas del cuerpo desnudo de Cecilia, mi escultural tormento. Punto y aparte para mayor suspense.

Por lo visto el comisario, en su ignorancia de caballo, no sabía que aquellas líneas eran capaces de provocarle el baile de San Vito a un hipopótamo. ¡Así va el Poder Ejecutivo en este país! El comisario era tan materialista que sólo soñaba para no aburrirse mientras dormía. Segundo punto y aparte, así como suena.

En verdad el comisario tan sólo quería recitarme para quitarse el hipo la lista de los crímenes que había cometido Theo antes de que le encerraran en el Pabellón. No estaba yo en vena de oír semejantes horrores capaces de helar la sangre de un congelador. Estaba en plan romántico, como hubiera podido notar hasta su caballo, observando la súbita parálisis de mis dos orejas. Dolencia que, con la pelota en el tejado, me provocaba un tic irreprensible. El comisario no lo veía por teléfono. Barrunté que siempre fue un policía de mala muerte. ¿A quién si no iban a encargarle una encuesta tan periódica en la que ya habían perecido personas de las mejores familias? Tercer punto y aparte como marca el refrán.

Terminé por decirle al comisario que si la policía no errara no se confundiría nunca. Y aún le suministré un consejo por experiencia propia: «Coronel, no se olvide de reflexionar antes de todo tic incontrolable.»

XIX

El Director General de Sanidad, pasándose de listo como Lepe, se refirió por teléfono a mi responsabilidad comunicativa y encarnizada. Afirmaba de vuelta y media que dentro del Pabellón yo era el director, el administrador, el jefe supremo, el rector y el guía, y por lo tanto el garante del orden y de la cuadratura del círculo. Quería que reconociese que ni el Gobierno, ni el Colegio de Médicos, ni la Policía, tenía la posibilidad ni de sancionarme ni de oponerse a mis decisiones teóricas y mortales como los santos de mi devoción. Pretendía que yo, protegido detrás del paredón y convencido de que nadie de fuera podría atravesarlo sin contagiarse hasta el sueño eterno, hacía lo que me daba la real gana cual *mare magnum*. Me exigió que promoviera en el Pabellón en tanto que lugar común una sociedad digna, disciplinada y respetuosa, como un coche de carreras.

Ofendido por tanta falta de confianza implícita y empírica, comencé a perder mi paciencia que siempre guardaba con la calderilla. No obstante, solícito como el mes de octubre, intenté tranquilizarle con intrepidez nutritiva: «He decidido —le dije versado— que las habitaciones de enfrente pasarán a ser las de detrás.» El Director General de Sanidad se puso a gritar como si estuviera friendo espárragos; luego práctica y omnímodamente me amenazó con cortarme la luz, el gas y el agua. ¡Y qué me importaban a mí estas carencias efectistas; a mí que nunca comprendí por qué se lavaba la loza para luego ensuciarla en pura contradicción conmutativa y crónica!

Y ¿cómo no?, el Director General de Sanidad acusó a Theo de haber asesinado, para comenzar, a una compañera de Instituto con la que hacía buenos oficios. Según sus dires de remate, Theo la había estrangulado con sus propias manos y no con las de la fallecida que hubiera resultado algo más arduo. Le respondí, haciendo gárgaras, que no me pareció llegado el momento *ad hoc* y fosforescente para iniciar una encuesta policíaca que no sólo podía menoscabar la reputación soliviantada de Theo, sino que además estaba desprovista de lupas, huellas digitales y soplones.

Mientras el Director General de Sanidad me hablaba por teléfono yo estaba viviendo con todos los respetos humanos una ramificada aventura amorosa con Cecilia, mi ardilla amorosa y calentita. Cada día estaba más buena y al tiempo empeoraba de salud a ojos vista, a pesar de que Theo y ella se comían a besos de una sentada.

Estaba tan harto de aquella conversación de pelo en pecho con el Director General de Sanidad, que sin prueba ninguna le demostré que yo era el mejor médico del mundo. ¡A semejante ignorante!

XX

Me acusaban de estar loco o de desbarrar de la forma más absurda; saltaba a la cara que no me habían oído con la vista gorda.

En pleno delirio y en cuesta abajo el portavoz del Ministerio de Bienestar Social me llamó para anunciarme que me iban a condecorar con una medalla bailando en el agua. Le dije que prefería un reparador de submarinos o un pujo-pujo para dar un concierto a Cecilia, mi musical lucero. En verdad para conquistarme con adulaciones de la misma mano estaban dispuestos a todas las humillaciones con tirantes e incluso a darme la Medalla al Mérito por la Patria.

Les dije que quería tres y del calibre 27. Me interesó saber si a cada medalla había que echarle mucho o poco arroz para hacer una buena paella. Pero el portavoz, como pan bendito, afirmó sin dar su brazo a torcer que el Gobierno premiaba así mi heroísmo y mi generosidad como director del Pabellón de Incurables. Le pregunté si estas dos virtudes mías las había medido en función de sus intensidades luminosas o de sus repercusiones balísticas. Me respondió que el Gobierno me sostenía unánimemente como si dos docenas de personas pudieran compararse en este terreno con un hormiguero.

Aquel día comprendí que de todas las actividades gubernamentales como matas de habas, la de dar condecoraciones y la de repartir honores eran las dos más decorativas y honoríficas. Estos galardones, para despistar a los espías extranjeros, tenían forma de cruz porque si hubieran sido redondas habría que llamarles tortillones que manchan la pechera.

Decidí rechazar esta distinción y el Premio Nobel para sostener la causa de los flacos denigrados por los servicios. Descomuniqué el teléfono con un sincronismo coetáneo y sordo a las llamadas que no podían llegar y medité sobre los inconvenientes de la meditación de dominio público.

Al día siguiente el Portavoz me dijo que había pasado horas como un costal de paja esperando mi respuesta. Le recomendé que la próxima vez que un número de teléfono sonara ocupado compusiera otro como Mahler. Sostuvo con mucha harina que yo era inteligente por los cuatro costados, visto de cara y cruz y de una pieza. Una vez recitado su agasajo con arreglo a su tortilla sin cambiar de casaca me dijo: «El Gobierno ha confiado desde el primer momento en usted, en su misión de neutralizar a Theo.» Y me dormí con el teléfono en la mano.

XXI

Todo lo que pudo hacer o no hacer la Medicina y su brazo secular, los médicos, por los enfermos (hasta un Doctorado) quedaba reducido a una sola palabra: IATROGÉNESIS. Al Director General de Sanidad le pregunté por teléfono y hasta más no poder, aunque en la flor de la edad: «¿Quiere explicarme mi diligente ablandabrevas por qué razón todo el mundo conoce la gripe o el cáncer y tan pocos la iatrogénesis? Theo, solitario como un diamante, ¿puede compararse en materia de defunciones al conjunto de médicos que acomete sin rascarse a todos los enfermos del planeta al grito de "iatrogénesis va"?»

Para mí, Jefe Clínico del Pabellón, Theo fue siempre un ser refinado que no sólo daba nombres a sus camisas y diminutivos cariñosos a sus cepillos de dientes, sino que sabía dejarse querer hasta la muerte.

Los enfermos lo admiraban con adoración y las enfermas lo adoraban con admiración, pero a ninguno se le caía el alma a sus pies, ni tan siquiera en el último suspiro.

Cecilia, mi mar de madréporas eternamente caliente, decía que quería tener un hijo con Theo, sin darse cuenta de que, entre otros inconvenientes, el niño sería demasiado joven al nacer. Al amar ella a mi enfermo predilecto de forma tan frenética, no sólo patentizaba que estaba en realidad desenfrenadamente enamorada de mí, sino que aquel amor flotaba irresistiblemente entre sus enaguas. Por eso ¡cómo me complacía verlos en la cama con la cabeza de Theo recostada sobre el regazo de Cecilia, mi dulce nube de vellón, como si fuera la mía! Yo, si hubiera estado en el lugar de Theo en tan excitante momento, al mismo tiempo y con la sangre hervida, habría besado su espalda agradable al corazón como un golpe de Estado. Aunque yo no fui nunca uno de esos médicos pornógrafos que compuestos y sin novia se pasan el día magreando su *curriculum vitae*.

Cuando le conté al ratón Héctor los estragos que causaba la iatrogénesis, quiso saber si la existencia era pura quimera y si en este caso sus reservas de queso eran suficientes o utópicas.

La iatrogénesis, le dije, no sólo mataba a los pacientes cuando el tiro pasaba por la culata sino que se revelaba como la única actuación del médico tan eficaz como mortal de grado en grado y a la postre. Héctor me comprendió en el camino de perfección y sabía que la presencia de un médico junto al enfermo ocasionaba una escabechina más mortífera que el Diluvio Azul.

XXII

En vez de darme su opinión sobre la iatrogénesis, el comisario me preguntó, tan insustancial como telefónico, si había leído el informe que me había enviado con el macuto. Como si no tuviera otra cosa que hacer durante mis momentos de asueto con una mala espina. Le dije presuntivamente manejable que no había leído ni una línea puesto que lo había quemado tras estudiarlo al contado de pe a pa. ¡Qué me importaba a mí, en plena vena épica, el conocer con pelos y señales como la seda las razones tan repentinas o las maneras tan desusadas con que Theo se deshizo de sus vulnerables víctimas! Aquellos años que precedieron sin flor y sin nata a nuestro encuentro pabellonil habían sido rayados de la Historia para bien y recuerdo de aquellos que ya nadie podía resucitar.

Para tranquilizar al comisario acepté que Theo pusiera a los incurables las inyecciones de las doce a mediodía para ganar tiempo. El comisario se puso a despotricar con malos tonos y peor gusto como si en el Pabellón atáramos con sogas a los balones cautivos. Cuando consiguió calmarse gracias a mi lealtad a derechas me suplicó que Theo no pusiera inyecciones a los enfermos. Le dije con tino y potra que desde luego no iba a ponérselas a las paredes.

Aquí hago una pausa narrativa —que nadie olvide que estoy escribiendo una novela— para que mis inventivos y codiciados lectores puedan adivinar o deducir todo lo que aún escapa accidentalmente a mi microscópica incompetencia. ¡Y me quedo corto!

El comisario quería que encerrara en una celda, como cero a la izquierda, a Theo. Sin más indicios que un sinfín de pruebas incalculables pretendía que Theo era un psicópata con la excusa de que estaba loco. Para colmo de incontinencia y a sabiendas le acusaba de no sé cuántos asesinatos que sólo eran agua pasada a falta de molinos. Con una falta de educación jadeante se le metió en los sesos un sofisma desordenado: Theo seguía matando en el Pabellón como lo había hecho fuera de rebote. Estaba hasta las mismísimas narices (y lo digo con todo el respeto debido a este apéndice nasal y olfativo) de tanto espionaje a tiro de prismático y tanta falta de discreción que nos rodeaba sin pedirme permiso ni a mí ni a los miradores. Habían llegado a unas conclusiones homicidamente acusatorias que un niño de teta hubiera podido descubrir sin tanta tramoya detrás de las alambradas. Lo hice ver con mi tacto insaciable al comisario. ¡Le dejé planchado! ¡Pobre desgraciado!

XXIII

A pesar de aquel cúmulo de llamadas telefónicas tan calumniosas y en buen romance permanecí irrevocable. Pero podía decir ¡tantas cosas! a propósito de mi arrebatada gesta con Cecilia, mi perfume exasperado, si no estuviera escribiendo, pues es de mala educación hablar con una estilográfica en la mano. En aquella época Theo, tan servicial, estaba viviendo con mi eterna Cecilia, en mi lugar, un lance amoroso que iba a ennoblecer mi vida. De todas las maravillas que engendra el amor la más fascinante era la de verle interpretar con doble sentido mi papel de enamorado feliz.

Ha llegado el momento, con varios capítulos de adelanto, de contar a mis virtuosos lectores (y numerosos a pesar de la pertinaz sequía) la organización, que en su caos trascendental, regía el Pabellón de Incurables. El momento más álgido del día (¡y cuántas veces de la noche!) acaeció invariablemente (hora más o menos) a las once en punto de la mañana para conmemorar la llegada cotidiana de los nuevos enfermos y del macuto. Las dos comidas las servíamos Theo y yo dos veces al día (aunque podíamos llegar a tres sin levantar cabeza). La primera, la de las doce de la mañana, llamada «almuerzo», solíamos distribuirla antes que la segunda, la «cena», la de las ocho de la tarde. En ocasiones permutábamos los horarios para dar más emoción y ritual a la vida de los incurables. El desayuno lo impartíamos al despertar, gracias a ello ni Theo ni yo se lo dimos nunca a un enfermo aún dormido.

La administración de medicinas, cuidados e inyecciones, así como la gestión de la Farmacia y del Botiquín de Urgencia corría a cargo de Theo a mayor abundancia. Si bien es cierto por la fuerza de la costumbre que las más eficaces y heroicas medicinas, pastillas e inyecciones a nuestro alcance nunca tuvieron la erudición obligatoria para curar un sabañón. Yo las recetaba, y a mucha honra, gracias a mis conocimientos científicos y paganos. Para vivir, incluso eternamente, no había mejor medicamento que el tan manido y ramplón palpitar del corazón.

En el Pabellón, como habrán podido observar mis bien avenidos lectores, todo servía para nada, pero nada servía para todo, hasta las cinco en punto de la tarde. A esta hora Theo enterraba a los muertos en el huerto... pero tan sólo, dado su don de gentes, si los había.

XXIV

Lo bueno de escribir una novela como la que podría redactar o como la que están leyendo es que permite todas las libertades e incluso viajar a Nueva Zelanda sin preocuparse del espinoso problema de las maletas. La historia auténtica que estoy contando en esta novela a mis fortuitos y guapetones lectores, por lo que tiene de ficción y fábula podría muy bien centrarse en la vida de Theo, siempre y cuando la tomara como eje de mi escrito, con lo cual podría de forma simbólica buscar el origen de la cigüeña, pongo como ejemplo, por otra parte inaceptable.

Una novela, salvo excepciones garrafales, puede tener tantas páginas como quiera el autor, con lo cual se puede ver la copiosa diferencia que media con un pasaporte que tan sólo tiene las hojas contadas. La ventaja de una novela en relación con la ópera es que se puede meter cualquier personaje sin echarle nada en el bolsillo, mientras que en una ópera sólo caben los solistas y a lo sumo los coros cuando son más de treinta.

En esta novela todo el mundo puede hablar y muy en especial el ratón Héctor. ¿Se puede imaginar un soneto con un conejo contando a la pata llana la llegada del Maratón? No sería un soneto sino una fábula, o en el mejor de los casos, un estofado con ventrílocuo.

Todas estas observaciones sobre la novela se las expuse, como un paquebote, a Cecilia, mi retazo estremecedor del Paraíso. Me respondió a punta de lanza que mi novela le importaba un rábano. ¿Tanto contaban en su vida estas inmemoriales hortalizas?

A Theo, que no era simpatizante agremiado del rábano, mi novela le sugestionaba con sus tres cominos. Un día me preguntó:

—¿Cree usted que los asesinos comprenden algo que sus víctimas ignoran?

Como pueden ver mis pujantes lectores, transcribo fielmente las palabras de Theo. Como novelista no tengo derecho a deformarlas, interpretarlas o corregirlas más allá de lo que el antojo me dicta.

El Presidente del Colegio de Médicos me llamó sin perder el conocimiento para pedirme que inyectara no sé qué drogas adormecedoras a Theo. Me negué en cuerpo y alma. Como el Presidente no comprendía mis objeciones le sugerí que leyera la novela que estaba escribiendo. Pero ¿qué podría comprender a la Literatura un matasanos que acababa de perder su permiso de conducir?

XXV

Años antes de que se me nombrara Jefe Clínico del Pabellón de Incurables, fui expulsado del Colegio de Médicos con muy mala intención. Acababa de salir de la Universidad tan fácilmente como había entrado cuando tuve la ocurrencia de demostrar que los hospitales eran los lugares más peligrosos de la tierra en las astas del toro, por la cantidad de accidentes, confusiones y errores con las horas contadas. Como disponía de estadísticas de acero perfumado el Rector de la Universidad dijo que no se podían decir las cuatro verdades sin asustar a la población con tan sólo una de ellas. Los médicos —según él— eran benefactores de la Humanidad en la medida que patrocinaban aquella situación hospitalaria jugando con la vida. Le propuse con exquisitez que todos los médicos se fueran a escarbar cebollinos como medida de salud pública, aunque tan irreverente para estas legumbres. Me amenazó con darme un tratamiento siquiátrico de placebos. Por fin, me rayó de la lista de médicos durante cinco años y ni siquiera con música de Litz. *Allea jacta est.*

Al ratón Héctor le entusiasmaba que le leyera capítulos de mi novela aunque no los hubiera escrito aún. Se reía a destiempo y a carcajadas; me daba cuenta de que no captaba la profundidad del mensaje por falta de buzos en el elemento ratonil.

Cecilia, mi pajarito de las islas, por el contrario, se durmió mientras le leía el primer capítulo, dando prueba con ello de su espléndida concentración. Aproveché su soponcio para declararle mi amor. Estaba tan electrizado que su halo me hacía cosquillas como si echara leña al fuego. Se despertó llorando y diciendo que sólo le quedaban unas semanas de vida. La tranquilicé asegurándole que todo era tan relativo que si viviéramos cien mil años Matusalén pasaría por un mocoso. No obstante, mostrando una vez más sus sugestivos espacios imaginarios pidió que viniera Theo para confortarla.

Durante aquellos famosos y estratégicos cinco años en que no pude ejercer la Medicina sin otros privilegios, comprendí que tan sólo el no saber vivir acarreaba la muerte. Mis colegas, aprovechando mi ausencia, se declararon en huelga dispuestos a hacer correr los mayores peligros a la sociedad, puesto que exigían una aumentación del número de médicos. El gobierno suicidario aceptó tan venenosa pretensión. Felizmente durante los cuatro meses de huelga la esperanza de vida creció como un estirón y contemporáneamente el número de nuestros muertos disminuyó, lo cual siempre fue bueno para la salud.

XXVI

Que nadie imagine que voy a caer en la caligráfica vulgaridad de utilizar mi novela como caballo de Troya, cosa que ya hizo en su día la *Ilíada* sin que los periodistas la acusaran a rienda suelta de plagio. No me serviré de mis escritos para decir lo que pienso de mis colegas médicos, que es horripilante y nauseabundo..., por lo que se visten con batines blancos para disimular.

Cuando el Presidente del Colegio de Médicos me pidió que durmiera a Theo con medicinas, sin levantar la voz le grité: «Mi sargento, está usted majareta.» Apegado a su nombre de pila me vino con el tan conocido cuento de «los crímenes de Theo» como si estuviéramos en una novela de Connan Doyle. Me displacía que se mentara la soga en casa del ahorcado, aunque por entonces mis colegas no mataban aún con sogas. Insistió de pópulo bárbaro. ¡Había que ver la cara dura de que disfrutaba sin perder la brújula! ¡Un Presidente del Colegio de Médicos que para mayor descoco se permite el epímone de dirigir por añadidura y sin poner pie a tierra un hospital de siete mil camas sin contar con los turcos! ¡Hospital en el que, por término medio y plétora, morían los pacientes como chinches, cuantitativa y cualitativamente! ¿Podía en semejante e insuperable tesitura un abastecedor de cementerios tan stajonovista como el citado Presidente del Colegio de Médicos quejarse de los deslices de Theo? Él, que a gran escala y a lo bestia..., bueno, me callo... que no quiero acusar como es mi derecho (y mi obligación conservadora del género humano) a mis colegas de asesinatos premeditados, de terapéuticas mortíferas por exceso de calibre, de diagnósticos torturadores, de operaciones mutiladoras y de olor pestilencial de los sobacos, sobre todo cuando no se lavan.

Y a aquellos malintencionados y con excelente memoria que presupongan que tras mi catilinaria enconada trasluce un resentimiento filípico, les diré que aquellos cinco años de expulsión pasaron como un lustro sin dejar más huella en mi alma que los naturales estigmas espirituales. Sin rencor volví al Hospital Hipócrates dispuesto a vengarme de aquella afrenta que no podía hacérseme. Me dije que al fin y a la postre con nata, un médico es un hombre como los demás; y las fechorías que comete no las perpetra tan sólo porque tiene que comer todos los días, sino porque también tiene que pagarse vacaciones en una estación de esquí.

XXVII

La vida de Theo podría resumirla en una frase en plata como los ambages, por eso le dedico tantos capítulos que traen cola. Era guapo al tiempo que bien parecido, pero con la discreción suficiente para que nadie lo señalara con el dedo por la calle... salvo su madre, que lo idolatraba incluso durante los meses sin erre. El que su primer asesinato sucediera al día siguiente de la muerte de su madre fue una casualidad fortuita como un fusil, debido al traumatismo que esta desaparición le ocasionó por su carácter definitivo como su nombre indica.

El encanto tan atractivo de Theo nacía de su seducción a primera vista y con el corazón en la mano, pues era muy de casa. Desde que su ama seca lo abandonó por un apocado legionario, asomó a su figura aquel rictus doloroso pero tan cargado de razón que lo acompañó toda su vida como la tinta a los calamares. Rictus suplementario que ni siquiera abandonaba a la hora de enterrar en el huerto a sus compañeros de Pabellón a rostro descubierto.

Theo no era en verdad un seductor como todos pensaban, incluidos los demás, sino un inconsolable. Nadie le quiso nunca: todos sus enamorados confidentes se avenían a consolarle apasionadamente pero sin pasar el estado de intención. Más que un Don Juan parecía una sardina mutilada venida a menos y sin aceite. Theo era un hombre inactivo, tan chusco que parecía estar pasando invariablemente un examen de baile de San Vito pero subjetivamente, con lo cual los pasos son aún más comprometidos.

Según la policía, Theo iba suprimiendo a todos aquellos que lo amaban, pues era un ser consecuente, no como tanto desaprensivo tal para cual. El comisario se emperraba sin un pozo de ciencia en no querer ver en las líneas de la mano la diferencia que mediaba entre amor y consolación.

Así iban entonces las encuestas policíacas modernas, al buen tuntún, sin señorío y sin exigir que las víctimas, posdefunción, expusieran su punto de vista con una melodía de laúd.

La policía, en vez de molestar a la gente honesta entre bastidores, hubiera debido preocuparse de sus asuntos tomando carrerilla. Eran tiempos de inseguridad, muy especialmente en los barrios más seguros, pero los altos mandos de la policía en vez de buscar al culpable de las guerras púnicas o del robo de los brazos de la Venus de Milo, se pasaban el día dando vueltas en torno a las flaquezas de Theo. Así iba todo y peor aún la pesca del aceite de hígado de bacalao.

XXVIII

Acabo de darme cuenta, mientras pensaba en el complejo de inferioridad que tiene que asaltar a los enfermos una vez rematados por sus médicos, que a pesar de que ya voy por el capítulo XXVIII de mi novela aún no he compuesto la dedicatoria. Claro que hay novelas sin dedicatoria pero se les nota en seguida en cuanto se hojean las primeras páginas, incluso si el autor habla por los codos.

¡Que no soñara el inseparable y telefónico comisario con que le dedicara este libro inédito como el alma del cántaro! Este funcionario de novela tan latoso como incompetente (hoy por ti, mañana por mí) cargaba con una manía obsesiva tan transportadora que le conducía a acusar a Theo con picadores. No le preocupaba, reconocía con alevosía y nocturnidad, que Theo fuera un personaje positivo de mi novela. Suma y sigue.

Estaba tan hasta la coronilla de tanto reproche puesto a parir que hubiera podido prenderle fuego a su barba durante un desfile de paracaidistas, pongo por caso; que no me gusta hablar a tontos y locos sin ejemplos realistas como un cuadro abstracto.

El comisario era muy probable que se jactara con charol ante sus inspectores en plena comisaría de la dedicatoria que no iba a ofrecerle en palmito ni aunque me hubiera dorado la bandeja.

El Director General de Sanidad y el Presidente del Colegio de Médicos tampoco podían esperar dedicatoria alguna de mi parte por cuatro razones: primera, porque jamás utilizaban el consulado escocés para comprar sus churros; segunda, por la misma causa pero de color azul marino; y tercera, para que nadie se diera cuenta. Cada vez que pensaba en esta pareja de seudónimos por partenogénesis perdía mi proverbial y camorrista sangre fría a pesar de que llevaba calcetines suecos, que son mejores aún y más calientes que las cerillas del mismo nombre. ¿Quién legalmente, me preguntaba, podría imaginar que iba a dedicar mi novela que era como mi corazón sin pies, a dos personas abyectas, aún después de ducharse, y eso que no se duchaban porque preferían bañarse; lo cual ya dice bastante sobre el nivel del agua, sin contar el mental que también está mojado y muy especialmente los domingos? ¡Un paso atrás, bribones!

XXIX

Cuando los enfermos querían cenar, el teléfono no paraba de sonar. Cecilia, mi éxtasis sin fin, pedía a gritos que Theo viniera a verla, sin contar con el ratón Héctor que deseaba saber a las mil maravillas si en la otra vida había que lavarse los dientes... pero en aquellos momentos previamente y aplicando la ley del embudo, yo estaba escribiendo la dedicatoria de esta novela.

Desgraciadamente fui incapaz por mi bella cara de encontrar en la borgesiana Biblioteca del Pabellón de Incurables, que aún no había sido inaugurada por falta de libros, un ensayo exhaustivo y al cero de las dedicatorias en las obras maestras con billete de ida y vuelta. Me vi reducido de bóbilis bóbilis a consultar al ratón Héctor, a Cecilia, mi miel de Judea, y a Theo por orden decreciente y salteado como en el alfabeto. Descarté de aquella junta de asesores, por razones ambidiestras, a los miembros del Gobierno... Miembros que me habían condecorado con un cinismo que quemaba las cejas. ¿No habían pensado en los pobres huérfanos que andaban por el mundo sin pastillas contra el mareo y que ni siquiera iban en carabela a Nueva Guinea?

Teniendo presente la certera aventura que estaba viviendo con Cecilia, mi mariposa planetaria, hubiera sido contrario al irrefrenable secreto que acordonaba nuestras relaciones como un camino de hierro, el divulgarlo con una dedicatoria de ojos tiernos. Hubiera podido, sin embargo, disimularlo bajo una gramola.

Me sacó incultamente de mi meditación una enferma de la planta baja, Gertrudis, pidiéndome que tomara su temperatura. Concebí el proyecto, romanceresco, de vender todos los termómetros en vista de que sólo servían para dar la temperatura y ni siquiera en tecnicolor. Y aún decían que las ciencias adelantan con los bárbaros.

Cecilia, mi eterno torbellino de luz, era mi amor. ¿Por qué necesitaríamos, dando el pecho, termómetros o dedicatorias? Muy diferente era el autorizado destino de mi novela que hacía caso omiso de la fiebre. ¿Podría enviar, pensé durante unos instantes, con los pies en la pared, la dedicatoria a todos mis augustos y desemejantes lectores en una carta anónima con un sello para la respuesta? Pero puesto que todos éramos iguales con una hoja de parra, ante la inspiración del novelista, ¿no hubiera podido dedicar mi novela a mi colaborador más propagado, Theo? Le hubiera podido componer un largo soneto en forma de prólogo, que para picar la curiosidad proclamara: «A Theo, paladín de raza y a presión.»

Dedicatoria:

«A mí mismo, que sabré captar mejor que nadie el significado de todo lo que escribo, aun sin leerme, gracias a mi imaginación que toca el cielo con las nubes.»

XXX

El desdén amoroso con que me trataba Cecilia, mi nostalgia estremecedora, me permitía, con viento fresco, cultivar la más refinada forma del amor cortés. De continuo y sin interrupción, le molestaba verme, mostrando así la deliciosa y firme inalterabilidad de sus sentimientos. Persistencia que la honraba con tirantes aunque no los usaba por estar todo el día en la cama, salvo cuando se levantaba. Tan llena era de gracia que me atrevería a notificar a mis lectores más depravados y candorosos que sus orines tenían estilo. Sus incomparables micciones no eran ni campestres ni urbanas, ni antiguas ni modernas, ni tirias ni troyanas, aunque nunca se mostraban vulgares y menos aún secas. Cuando yo recogía por las mañanas su orinal me entraban unas ganas contenidas de ovacionarlo, por eso lo aplaudía con mis manos en el asidero.

Cecilia, mi purísima azucena, le pedía a Theo tales arrumacos que me ruborizaba con los colores del pavo. Preciso que, sin embargo, yo nunca había leído esas repugnantes novelas pornográficas en las cuales los personajes se pasan el santo día y en ocasiones hasta la noche realizando bilocaciones y posturas que tan sólo se cuentan en los chistes verdes de Jaimito. Todo aquello me inducía a creer arrimando el hombro que Cecilia, mi horizonte profético, me amaba también físicamente como el convidado de piedra. Lo había temido desde el primer momento. Era un sentimiento que siempre había inspirado a las mujeres de guardar, lean si no me creen las aventuras de Casanova. Todas, sin excepción, me habían gritado su amor de forma tan callada que no podía ocultarse a los oídos de un hombre como yo que era ya virgen además de capricornio. Hasta entonces ninguna había osado manifestarme sus deseos al saltar de la cama, pero aquella vez Cecilia, mi duendecillo de espuma, le había comunicado a Theo como un callejón sin salida la naturaleza de sus apetitos de la pata a la llana. Había hecho pero que muy requetebién de haber escrito la dedicatoria antes de vivir, de oído, semejantes pormenores.

En cuanto un enfermo se ponía a consolar a Theo moría de la forma más irrefutable, puesto que dejaba de existir. Si Cecilia, mi koala alucinante, no había muerto aún, lo cual era evidente puesto que estaba en vida, era porque me amaba con ciencia infusa cuando consolaba a Theo, orificios, lengua y protuberancias incluidos.

XXXI

¡El Ministro de Justicia por teléfono y en persona! Si la cosa no hubiera sido tan cómica me hubiera puesto a reír a moco tendido cuando el Ministro de Justicia me llamó hecho una Magdalena. Le respondí con un retruécano pegado a las sábanas: «Páseme al Ministro de la Marina de Andorra.»

Hago aquí una pausa para que mis perspicaces, farrucos y distraídos lectores constaten la acelerada confusión de las llamadas telefónicas que recibía, así como la de los daltonianos que ya no sólo veían lo verde en rojo sino lo rojo en verde; causa primera de la multiplicación de accidentes de boca en las marisquerías con las langostas.

Recordarán (relean los capítulos consumados o escríbanme para que les remita un resumen) que todo había comenzado por una llamada de la Policía eléctrica. Se acordarán de que el comisario había acusado a Theo de mala manera y de asesino, y de cómo yo le había echado un cubo de ceniza sobre su cabeza aprovechando que el teléfono no tenía cepillo. Luego me había llamado el Presidente del Colegio de Médicos para pedirme que drogara a Theo, como si fuera a participar con De Quincey en los Juegos Olímpicos.

Todos se habían ligado como bragas para que tratara a Theo de la absurda manera con que el médico lo hacía con sus enfermos hasta el último sello. Les había replicado que no contaran conmigo para administrar medicinas y menos aún drogas a Theo con la saliva en balde. Sobre todo que me vino a las mientes el caso de aquel conocido siquiatra que aprovechándose del diván depositaba sus tazas de café y sus colillas sobre los pechos de sus pacientes, mientras jugaba a los barquillos con su sobrina desnuda bajo la cama de Schopenhauer.

Empezaba a cabrearme como pez en el agua. La culpa de todo la tenían los médicos y especialmente de mi mala sombra en la ruleta. Lo había demostrado miles de veces en bordados de Arizona.

Pero si, como tela de juicio, hubieran establecido la hipótesis cerámica de que Theo era un auténtico asesino de armas tomar, ¿por qué querían que lo drogara a pierna suelta? ¿Podía yo hacer una encuesta con un sospechoso durmiendo a mandíbula batiente? ¿Podía sorprender en flagrante delito de homicidio a un individuo que estaba tan dormido como Pedro por su casa? Pero si Theo era realmente un criminal, ¿no se aprovecharía de su sueño para asesinar al propio Presidente del Colegio de Médicos? ¡Tarados! ¡Inconscientes!

XXXII

El Ministro de Justicia quería corromperme haciéndose cargo de las exigencias de su función. Temí que me ofreciera otra condecoración como el Portavoz del Gobierno..., como si mis cajas de zapatos de segunda mano tuvieran que convertirse por aclamación en vertederos de medallas, cruces, cachivaches y laureles de chocolate ni tan siquiera suizo.

Para romper el hielo estival le pregunté: «Señor Ministro, ¿desea un camello serio y con inmejorables referencias para hacer sus compras por correspondencia?» No vio —pues era Ministro— la falta de ironía que encerraba mi comentario, amén del desierto. Observé que me daba la razón en todo como si estuviera loco, cuando lo único cuerdo que él hubiera podido hacer entre caja y caja, con todos sus coterráneos del gobierno, hubiera sido dimitir tras frotarse los morros con sosa cáustica.

Empezaba a encresparme con su chamusquina cuando para colmo de sapos y culebras, se refirió a Theo. ¡En aquellos días!... en los cuales la tercera guerra mundial podía declararse sin decir «agua va» gracias a las corazonadas de Nostradamus. Estaba tan enfurecido que confundí mis dedos con los tranvías de Baracaldo, sin ir más lejos pero con trole.

El Ministro solamente me nombró por teléfono administrador general de Justicia en el Pabellón de Incurables con la cebada del rabo. El Gobierno en pleno le había encargado que me felicitara en pública subasta.

Acto seguido me pidió que encerrara a Theo aquella misma tarde en un sótano del subsuelo que para mayor escarmiento no estaba en la azotea. Para inmovilizarle me enviaría con el macuto dos esposas «made in Mauritania», para mayor desprecio apalancado de la industria nacional vendida al extranjero. Una de las esposas hubiera debido atenazar las muñecas de Theo como el alma por el hilo y las segundas, más pedrestres, los tobillos haciendo juego. Me suministraba con la misma popularidad unas cadenas para que le atara a los tubos de la calefacción a pesar de que estábamos en verano. Le pregunté si también tenía que pintarle los bigotes. Llegado a este punto, mis patronímicos y eminentes lectores saben de sobra lo que pensaba en aquel momento de aquel Ministro cretino que no tenía un camello para sus caravanas del Consejo. Con esto he dicho todo. Continuaré en el próximo capítulo.

XXXIII

Que los médicos como los picadores eran unos solemnes matasanos lo sabía hasta Perogrullo cuando se iba de picos pardos..., pero que se les incitara gubernamental e imperecederamente a transformarse como agua de mayo en carceleros escandalizaba las cabras a uno. Sin embargo las desavenidas Autoridades Médicas con la hospitalización forzosa de los enfermos ya habían conseguido que la Medicina en el terreno penitenciario diera un gran paso que en verdad era un salto gigantesco por la Humanidad, como había proclamado (sin chuparse los dedos) aquel célebre astronauta republicano cuando pisó una caca de bulldog en la luna.

Dispuesto a morir antes que a perder la vida, le grité por teléfono al Ministro de Justicia, como Guzmán el Bueno en Numancia: «No pasarán.» ¡No iba a transformarme en carcelero antes que fraile!

El Ministro descompuesto por la manzana de la discordia quiso conocer con distintos collares mi solución al problema. Con muchísimo respeto, como Dios, le propuse entre la espada y Damocles que, con carácter retroactivo y hasta el día de hoy, la Plaza Mayor se llamara Glorieta de Cecilia, mi florida frondosa.

El Gobierno, díjome el Ministro, estaba dispuesto a acceder a mis «caprichos» y a hacerme un puente de oro, siempre y cuando encerrara a Theo. Pero ¿qué necesidad tenía yo de puentes de plata o de acueductos de añicos, cuando Theo me permitió saltar de un continente a otro con sus disertaciones punto en boca?

Theo (iba a escribir «mi idolatrado y fascinante Theo», pero no quiero cargar las tintas a propósito de un ser tan excepcional como deslumbrante que hubiera merecido los panegíricos más prototípicos, incluso escritos en una chuleta de cerdo), Theo, digo, vino al mundo en su ciudad natal una semana después del día de su nacimiento. Por pura modestia eligió una infancia impúber, dando prueba con ello de su tolerancia en la correa. Yo podía admitir (que en materia de transigencia también no era manco de paciencia) que las relaciones amorosas de Theo terminaron siempre trágicamente... pero únicamente (cabe señalárselo al pregonero para tapar la boca con un cuarto a los murmuradores) porque concluyeron con asesinatos. Todos aquellos tristes sucesos mostraban la mala suerte de Theo y su poco éxito con el público más tradicionalista.

XXXIV

Muchos de mis ágiles y divinos lectores me escribían para que les tuviera al corriente entre bastidores de la vida patológico-dantesca de los enfermos del Pabellón de Incurables... En otras palabras, deseaban saber cuál era la enfermedad que aquejaba a mis incurables tras la fase del secreto médico. Los más adictos entre mis enardecidos y primorosos lectores también querían conocer las causas del terror que inspiraba la enfermedad a los de fuera. Les respondía sin premura, sin olvidar que mi manuscrito era una novela y no una tragedia a tumba abierta, como creían los que aún esperaban que se alzara el telón.

PREGUNTA: ¿Cuántos enfermos entraban en el Pabellón por día?

RESPUESTA: Más o menos tantos como morían cotidianamente. Esta devoradora estabilidad señalaba sin meterse en vidas ajenas que incluso entre los mejor intencionados sólo fallecían los que ya no podían vivir.

PREGUNTA: ¿Sabían los incurables que estaban condenados a morir en un plazo máximo de dos años?

RESPUESTA: En el Pabellón no obligué nunca a nadie a incorporarse a ningún plazo.

PREGUNTA: Dicho de otra manera, cuando un enfermo atravesaba el paredón y entraba en el Pabellón de Incurables, ¿sabía que le quedaban como máximo dos años de vida?

RESPUESTA: Como hombre de ciencia a prueba de vados, debo revelarle que la esperanza de vida y el porcentaje de mortalidad no hubiera sufrido fluctuación ninguna si los enfermos en vez de entrar en el Pabellón a través de la puerta del paredón hubieran ingresado en nuestro Centro dando el salto de la rana por encima de las alambradas.

PREGUNTA: Más claramente. Sus enfermos ¿sabían que...?

RESPUESTA (interrumpiéndole por correo que es más arduo): Naturalmente que sabían que era yo el autor de esta novela, por ser un año excepcional para las estilográficas, gracias a la temperatura de la vendimia.

PREGUNTA: ¿Recibían todos los días las medicinas y los alimentos necesarios a la vida normal del Pabellón?

RESPUESTA: Nunca nos enviaron, a pesar de nuestras quejas repetidas, mantequilla de anchoas para suavizar las sábanas.

XXXV

El comisario, tan afabulador como el becerro de oro, me volvió a llamar para «notificarme» la frecuencia de asesinatos de Theo, como si yo no la conociera de una palmada en la frente. Exacerbado pero sin abrir mis cajas destempladas, le pregunté por qué razón el Gobierno al cual él servía a partir de un piñón se había emperrado en colocar las montañas en lo más alto del país suprimiendo con ello la navegación marítima en la zona. Sin responder a mi queja, el comisario se perdía en cálculos de mal gusto y morbosos sobre el número de crímenes que Theo hubiera podido cometer con un saque. En vena de confidencias le aconsejé que fuera a consultar a un siquiatra antes de que se escapara por la tangente; por una módica cantidad de dinero le hubiera sicoanalizado su esternón en si bemol y de propina le hubiera cortado sus uñas cariadas. El comisario, sin amilanarse, pues su brigada de gastadores había sido amadrinada por Andorra la Vieja, me respondió en un tono tal que mucho me temí que me ofreciera una calle o un Premio Nobel cualquiera..., a mí, que aquella mañana ni me había planchado los pantalones.

En vez de intentar corromperme como un vulgar Ministro de Justicia en el ejercicio de sus funciones, el comisario trató de amenazarme con la carabina de Ambrosio. ¡Dio en hueso! Menudo estaba yo de versos macarrónicos como para recibir amenazas merecidas! La cosa fue tan nominal y soldadesca que a punto estuve de declararme en huelga de brazos cruzados y de dejar la novela patas arriba para que todo el mundo supiera de qué era capaz la Policía en nuestro país con ciudadanos honestos como una olla de grillos y que pagan sus impuestos con calzador e incluso con aquellos que no los abonan como yo, y a mucha honra. ¡Me c... en todos los policías! ¡Que les lluevan anclas sobre sus cabezas! ¡Amén!

El comisario me anunció que a ojos de la deslumbrada Justicia que es ciega por parte de madre, yo era cómplice de los asesinatos de Theo. ¡Y así iba el mundo! Se habían hecho fantásticos progresos en la producción de eclipses de luna, pero paralelamente la policía andaba en pañales. Automáticamente y sin cambiar de escalafón se me consideraba cómplice de un sinfín de crímenes porque... A punto de darme una depresión nerviosa en pleno abdomen, le aduje merecidamente al comisario de las Narices: «Pues venga a detenerme si es tan chulo. ¡Chantajista!»

XXXVI

Había conocido a Cecilia, mi cítara celeste, años antes de que ella enfermara, pues en aquel momento gozaba de una excelente salud. Vivía enfrente de la casa de mis padres, lo cual no le impedía sino al contrario, tener su domicilio cara a cara del nuestro, a pesar de la ley del encaje. Tocaba el piano con un brío esmaltado a pesar de que por entonces me aquejaba una indeseable pleuritis. Por las noches iba a oír sus recitales en las escaleras de su casa, incógnito como tres y dos son cinco, a fin de que nadie se enterara. Durante el primer mes interpretó como el herrero de Arganda valses de Chopin a pesar de estar en febrero.

Con mis zapatos ensopados de nieve en aquella escalera frígida como un polo y con mis pulmones empapados de pleuritis como el propio Chopin que estaba escuchando, oía la interpretación pianística de Cecilia, mi filarmónica castálida. Al borde del desmayo, pues el amor es muy traicionero cuando se coge sin una pelliza forrada, escuchaba, extasiado, su tecleteo a manos llenas pero sin que los dedos se le volvieran huéspedes.

Mi temperatura por un metereológico fenómeno, como el arco iris subía en mi cuerpo a medida que bajaba en mis pies helados. Hubiera debido alquilar mis zapatos en vez de comprarlos; despilfarradora adquisición que hice en mala hora ¡y a menudo precio... que ni siquiera recuerdo!

Mis lisonjeros y crecidos lectores habrían adivinado si mis vecinos les hubieran contado lo sucedido, cómo concluyó aquel primer contacto con Cecilia, mi alvéolo de dicha. Contacto que, para mayor seguridad, establecimos a través de una puerta cerrada, en silencio cálamo y currente y a una distancia prudente como de hoy a mañana.

Como durante los primeros años de intensa y penetrante relación amorosa nunca le hablé, el obstáculo de la edad fue eliminado con experiencia y mundología. Poco antes de morir mi padre me reveló un secreto que únicamente mi madre y él conocían: a Cecilia, mi lira de Orfeo, no sólo le llevaba veinte años, sino que siempre le llevaría los mismos años. Encajé estoico aquel terrible trallazo del destino y aún fui feliz pensando que mi pobre padre hubiera podido confesarme sobre su lecho de muerte que yo era cojo de nacimiento, como Cervantes.

Mi pleuritis degeneró en tuberculosis, como los menores en paños. Un buen día Cecilia, mi tulipán de escarcha, pensando en mi salud y en mis zapatos acarambanados dejó de tocar el piano. Gracias a ello aquí estoy para contarlo.

XXXVII

Cecilia, mi gatita mimosa, tocó el piano hasta los veinte años y luego se dio a la orgía, aunque no con arenques.

Aprovechando ciertos trajes de «nudista» activa que le habían dejado atolondradamente en herencia sus insensatos padres, Cecilia, mi espejismo vertiginoso, ya no vio otro horizonte en su vida que el de usar aquellas camas que poblaban su casa incitándola a las más viscosas bacanales. Aquella inmoralidad tan condimentada y contentadiza hubiera podido mutilar de una pierna por exceso de velocidad de sedimentación a un ser menos casto que Cecilia, mi mar inmóvil.

Mucho podría haber escrito sobre semejantes padres que aprovechándose alevosamente de su propia muerte dieron a una pobre huérfana por partida doble una educación tan inmoral, disparatada y abyecta como descortés a partir precisamente de sus fallecimientos por bocas de ganso. ¿Quién si no ellos son los culpables de la conducta pornográfica de una indefensa chica abandonada como los ojos en la cara a los veinte años sin un simple método moderno de Maricastaña para bordar mirando al público?

Durante años hubiera podido por mi falta de curiosidad aforística, ignorar todo lo que sucedía enfrente de mi casa si no hubiera conocido aquel amor devorador y aquellos prismáticos.

Cuando, hace exactamente doce meses, la puerta del paredón se abrió como palo de ciego para dar paso a Cecilia, mi incurable predilecta, a bordo de una camilla..., ¿quién, salvo yo, pudo ignorar el remojado sentimiento que me conmovió con espíritu de cuerpo?

Lloré a lágrima viva como Dios manda y sin restricción mental.

Dando pruebas de una turbación temeraria, dejé de comer bocadillos de pana, sin importarme el qué dirán. El amor yo lo vivía así..., sin necesidad de corregir galeradas o retrasar los ensayos generales.

Por un amor infinitamente menos prorrogable, Dante y Beatriz habían pasado a la Historia sin necesidad de recurrir a los servicios, siempre costosos, de un experto.

¡Cecilia, mi sustancia amorosa, enferma en el Pabellón de Incurables que yo mismo dirigía con zapatos nuevos! El destino, con su raya en el pantalón, bien se merecía tras este triunfo una avenida que llevara su nombre. Pero ¿qué hacían nuestros gobernantes con los pelos de punta? ¡Hatajo de vagos!

XXXVIII

¡Theo procesado! ¡Qué escándalo! Precisamente una tarde, a las cinco, por término medio, me llamó el Fiscal Supremo para anunciarme la noticia de que iba a comenzar el proceso de Theo.

¡Me extrañó tanto que se atrevieran a extraer a un contagiado del Pabellón de Incurables infectado como unas castañuelas, para colocarlo en medio de un tribunal con la flor y nata de la delincuencia del país!

El Fiscal me aclaró que llevaría a cabo el proceso de Theo pero sin Theo. Le propuse, a cuerpo limpio, que organizara un proceso de Theo pero sin proceso.

La noticia me había caído de sopetón, pues me la esperaba dos capítulos y medio más allá de la mitad de mi novela, si conseguía guardar la misma velocidad durante todo el recorrido.

Mi conversación telefónica con el Fiscal ganó terreno a ojos vistas, a pesar de la primera cáscara amarga. Le confesé que veía unas manchas rojas como la tiza. Me preguntó si había visto a un oculista. Hube de responderle a conciencia que no veía a oculista alguno, sino unas manchas rojas.

El ratón Héctor hubiera querido prevenir al abogado de Theo, pues temía que se tragara un ancla de dragaminas por descuido.

Theo estaba desnudo para no coger frío en la cama con Cecilia, mi novia predestinada. Al verle con los ojos en blanco pensé que su abogado debería defenderle con una toga que no llevara lo de delante detrás como los libros de caballería. Cecilia, mi camino de jazmín, que también estaba desnuda por pura solidaridad con Theo, me pidió con infinita dulzura y envidiable calma que me fuera al carajo.

Cuando insistí con un esplendor digno de tan alta ocasión, me tiró un orinal a la cabeza como una graciosa lanzadora de martillo. Mostraba así su amor por mí a machamartillo.

Al colgarle el teléfono como llovido del cielo le aseguré al Fiscal que yo no era un doctor en Medicina de punto largo y que no dejaría a Theo indefenso como la fuerza por la boca.

XXXIX

Cuando los enfermos y enfermas, pasándose de castaño oscuro, se enteraron del proceso que se hacía al delicado y excelso Theo, enviaron cartas anónimas al Tribunal con sus propios carnets de identidad. El escándalo era tan enorme, en sus trece, que yo terminé mi conversación telefónica con el Fiscal cantándole la Parrala en el otro carrillo. ¡Para que se le afinara el oído!

Por aquel tiempo de mírame y no me toques Theo, consentidor de todos los magreos, estaba entre dos edades y en ocasiones entre dos pisos, por ello su indecisión tan corta de alcances desaparecía del gato a la liebre. ¡Sufría tanto Theo!

Desde su más tierna infancia nunca supo si prefería el amor de los hombres o de las mujeres, de los jóvenes o de los ancianos, de los hermosos o de los feos, pues se acostaba con todos pero sin meter fideos entre las sábanas. ¡Se dejaba consolar con tanta generosidad como Don Rodrigo en la horca! Cuando se hartaba, pues tenía su corazoncito, su enamorado del día, sin discriminación de sexo, desaparecía *in fraganti* para nunca más volver.

¡Qué historias tan morbosas se atrevían a contar sobre Theo, todos aquellos que sólo le conocían a salto de trucha o a través de sus flaquezas! ¡Con qué detalles tan repugnantemente exactos osaban descubrir sus actividades con el corazón en un puño! Los que le conocían, preferían en vez de chismorrear en la cuerda floja charlar con él aunque no fuera de amor, dormir con él por lo menos la siesta, y darle masajes, aunque no todos en el trasero, pero con aceite o en su ausencia con saliva, pues Theo nunca tuvo escrúpulos de cuello duro.

¡Había que oír a aquellos policías con la lengua llena de pelos que se pasaban el día y la noche fisgoneando desde los miradores! Contaban con todo lujo de detalles y en capilla cómo se deshacía de sus amantes. ¡No sabían, por lo visto, que Theo amorosamente los enterraba a todos en el huerto! ¡Ignoraban que así estaban presentes en sus existencias, aunque a tres metros de profundidad pero sin piedras de escándalo!

Qué razón tenía el ratón Héctor cuando se quejaba de que vivíamos en un mundo materialista en el cual, para colmo, era tan difícil dar con un taxi libre. Y aquellos policías, echando la casa por la ventana, se permitían el lujo, al contado, de hablar de los derechos humanos..., gentes con las orejas calientes que se pasaban el día entrometiéndose en la vida de Theo en vez de descubrir, como era su obligación, el origen de las auroras boreales.

XL

Que Theo no durmiera la siesta conmigo mostraba tan sólo que no lo hacía, y no digo más porque conozco la edad de alguno de mis significativos y resistentes lectores. Que Theo no conversara amorosamente conmigo la mano en la mano, significaba únicamente que no habíamos practicado esta clase de diálogo y el que quiera saber más sobre el tema que sepa que, por pura discreción, estoy escribiendo una novela y no la proclamación de un korrikolari. Que Theo no me pidiera que le diera masajes quería decir solamente que no me había pedido semejante manoteo. ¡No podía imaginarlo suplicándome: «Dame un masaje de barba», pues no me tuteaba!

Cecilia, mi cielo de invierno, realizaba con Theo todo lo que yo hubiera podido efectuar si hubiera sido un mimo, pero en la cama. Ambos, haciéndose de rogar, conocían el rigor vehemente de mi amor a mansalva, con lo cual todo quedaba en el Pabellón como un vivo retrato.

En el instante en que Cecilia, mi aureola de diademas, atravesó en la camilla el paredón como una incurable más del Pabellón que con tanto salero dirigía, adiviné que Theo sin temor a que le denunciara su mesilla de noche, iba a dejarse amar hasta el gollete por ella..., pues eso mismo aceptaba de los demás a flor de piel.

Mi historia de amor hubiera podido vivir su primer capítulo si no estuviéramos ya en el XL y si hubiera podido olvidar aquellos años silenciosos y menores de edad en los cuales ella y yo vivimos frente a frente como lisa y llanamente.

Mis primeras palabras metidas en harina fueron para proponerle románticamente que ahijáramos un rebaño de sombreros hongo, como piara de tigres de Bengala. Por aquella época, aquellos trigueños tristes tigres como ballenas... Sería muy largo de contar semejante degollina en vela. Nuestro Gobierno se cruzaba de brazos en dos zancadas, mientras estos bichos y bonetes se iban extinguiendo por falta de rebaños.

Nuestro amor supo hacer frente a aquellas tragedias como alma que lleva el diablo, a pesar de que cada vez que nos cruzábamos en los pasillos del Pabellón, Cecilia, mi inspiración triunfante, cerraba los ojos para no verme y disyuntivamente escupía como maestro de armas.

XLI

Antes de que comenzara la epidemia y se creara el Pabellón de Incurables, durante años contemplé, a distancia, como por los cerros de Úbeda, las bacanales en que tomaba parte Cecilia, mi licor de juventud.

Pero ¿tenía derecho a calificar nada menos que de bacanales aquellas satánicas reuniones que respiraban por sus heridas y que ella misma organizaba tres veces por semana y hasta a veces cuatro, pues sus depravados invitados no respetaban ni los días impares? Aunque bien es cierto que sus pervertidos convidados y ella, desnudos para mayor riesgo, actuaban como en las orgías, ¿se podía deducir de memoria que aquellas piñas eran sencillamente bacanales? El degradante espectáculo de pelo en pecho de aquellos cuerpos revolcándose los unos en los otros y echando carbón a la locomotora, se parecía en su horror tranquilo a la franela de puro cerdo, aunque en más cosmopolita.

En medio de aquel caos de estupros y peores costumbres, Cecilia, mi gaviota hospitalaria, no podía camuflarse bajo un apodo. Sola ante el peligro con su celo y su expansionista diligencia mostraba que pensaba en mí aunque aún no me conocía. El hecho de que aquella niña, que luego sería una adolescente, y por fin una mujer (pues siempre le gustó alborotar la cronología como los moros y cristianos) me amara tan en secreto que ni siquiera ella se diera cuenta, merecía un 37,7 centígrados a la sombra.

Sus favoritos, a la trágala, en aquel infierno libidinoso por fuerza mayor fueron tres. El primero de ellos fue un coronel de artillería ecólogo y pastor, que disponía de un rebaño de cabras en la séptima planta de su piso en el centro de la capital con pies planos. Aquel hombre era un degenerado a manos llenas que hacía todos los caprichos y hasta los más canallescos que solicitaba Cecilia, mi purísima bailarina, sin contar con los accesorios.

AVISO A MIS INCIPIENTES Y BIEN DOTADOS LECTORES:

Recomiendo con pie de gallo a todos aquellos que por una razón o por otra hayan comprado esta henchida novela que miren bien quién se esconde debajo de sus camas. Si es un coronel disfrazado de pastor, ni le abran la puerta ni le dejen dormir en sus lechos. Semejante individuo, aún sin gafas, puede provocar un furor uterino con las patas por alto, según caigan las pesas. Y no digo más pero tampoco menos.

XLII

Los otros dos favoritos de Cecilia, mi campanita de eternidad, eran tan infames como el primero aunque de forma fortuita y comiendo por los pies. Nunca estuve seguro de que fueran hombres, pues siempre los vi desnudos y además ambos se llamaban Pardo Bazán.

Mis impacientes y apetitosos lectores pueden imaginarse lo que semejantes libidinosos depravados como la pólvora ajena obligaban a hacer a Cecilia, mi medianoche infinita, bajo el dictado de las instrucciones de ella misma. Y el que no lo imagine que no cuente conmigo para suministrarle verdes detalles deshonestos, que mal podían figurar en un libro pornográfico en Brayle.

Amar locamente (pues siempre estuve en mis cabales hasta volverme crónico) a Cecilia, mi hatajo misterioso, en aquellas condiciones era el cáliz de hiel que tuve que beber con paja hasta la última gota de mi sangre. Estoico como los flacos servicios me conformé a las normas ocultas de mi estado de mirón de larga vista y de más larga imaginación, según las circunstancias.

¡Ah! ¡Cuán poco aprendió un estudiante sano y con la vista gorda en la Facultad de Medicina y muy especialmente en aquellas asignaturas que no figuraban en el programa! Asignaturas que ni siquiera se podían estudiar por teléfono, para no herir con hierro colado la susceptibilidad de los catedráticos de mar salada. A unos metros de mi balcón, la escuela de la vida sembrando en arena me enseñaba (a pesar de abrirse a partir de las once de la noche) cómo el vicio con vidrios rotos deprava y envilece especialmente a los más depravados y viles a ciencia y paciencia.

Con aquella experiencia tan abyecta como las musarañas, mis sentimientos por Cecilia, mi claro de luna, se fueron dilatando y elevando como un globo serostático a barba regada. ¿Hasta dónde no hubiera llegado este amor a todo pasto, si en aquellas circunstancias y bajo mi protección, Cecilia, mi frágil carabela, y Theo no se hubieran encontrado en el Pabellón con las manos en la pasa? Pero siempre me negué a relatar las empobrecidas fantasías eróticas que efectuaban, ya que las practicaban bajo las sábanas.

En aquellos tiempos en los que hasta las muñecas neumáticas leían el Kamasutra, un Fiscal me anunciaba tan pancho y por teléfono que iban a procesar a Theo... El tipo aquel que ni siquiera sabía utilizar un bombín de cascabel. ¡So adoquín!

XLIII

CARTA ABIERTA AL PRESIDENTE DEL COLEGIO DE MÉDICOS A PROPÓSITO DEL INICUO PROCESO QUE SE INCOA A THEO.

«Pobre imbécil»: tachado y substituido por «Muy Señor suyo y de su única consideración»:

«No le extrañe que no le den el Nobel de Literatura puesto que la Medicina Sociedad Anónima es una amenaza para la salud de todos los individuos y en especial la de los sanos (¡Váyase a la m. con su peluca de chocolate!). El monopolio profesional, que además es monopolista (¡So tío aprovechón!), que Vds. ejercen sobre la medicina convierte a los médicos en los colones de la vida cotidiana, aunque no lleven cananera blanca (¡Colonialistas!). Vds. y sus pandillas (¡Sabandijas!), con tratamientos médicos destinados únicamente a desear la Medicina prendida con alfileres, transforman a sus enfermos en consumidores de cuidados, medicinas y meriendas de negros.

»Vds. ni previenen ni curan y ni siquiera logran que los caballos reciten el juramento de Hipócrates. (Adjunto va un caballo para que vea que no miento, ¡so matasanos desconfiado!)

»La medicalización de la vida (¡gorrón!) suprime a todos los individuos su posibilidad de decisión en algo tan importante para su salud como es la enfermedad cuando canta la gallina. El médico no sabe responder a ninguna pregunta concreta (¡ignorantes!) de sus pacientes sobre la vida o la muerte, o lo que hay que hacer cuando topa de sopetón con un húngaro bajo su propio tálamo, que es sagrado como el crepúsculo matutino.

»Sus tratamientos son tan ineficaces como peligrosos, por eso cuestan un ojo de la cara cuando no un abrazo, por una pifia en medio de una operación de apendicitis. (¡A ver cuándo les compran gafas a los cirujanos cegarrutos!) La industria y el comercio de cuidados médicos (¡so explotadores!) es el sector económico que más ha prosperado echando bocanadas en una época en que todas sin excepción se han desvalorizado como volcanes de Singapur.

»Cierren de una vez la Facultad de Medicina, como en China, para que la salud pública mejore y si no pregúnteselo uno a uno a los mil millones de chinos (¡so tíos vagos!).

»Y no me hablen de Theo, Vds. que son capaces de vender miles de medicinas ineficaces que no sirven ni de comodines contra ninguna de las enfermedades incurables como la gripe, el cáncer o el ceceo (¡deslenguados!).

»Le saluda a Vd. con la afectuosidad que se merece una hiena capitalista.»

(Ni firmé.)

XLIV

CARTA ABIERTA A MIS CRÍTICAS A RAÍZ DE LA ABYECTA DECISIÓN DE PROCESAR A THEO.

«Muy Señora» (o Señor si es un señor) «mía» (sin señalar).

«Como dijo Shakespeare a su caballo poco tiempo después de descubrir los dos ceros de un billete falso de siete dólares: "La novela por lo que tiene de intemporal es antigua y por su cotidianidad es moderna como la trompeta de Hamlet." ¡Qué carrera de novelista, mi dilecta dama, hubiera podido realizar Shakespeare, si con unas buenas gafas hubiera podido distinguir una bambalina de un capítulo mientras Dinamarca se pudría por falta de narradores.

»En esta novela, mi egregia colega, no se advierte el nihilismo de la clase media soltando amarras ni la vulgarización de las relaciones sentimentalo-carnales entre Cecilia, mi madeja de anhelo, y sus favoritos, por el contrario vea en mi libro un retrato, hinchando las velas, de la degradación general y de los boniatos en particular.

»Contemple, mi ilustre Doncella, cómo me pongo a sus pies a pesar del rigor estival. Sugiérole que me lea como el autor escondido de mi novela con el rabillo del ojo, del mismo modo que Dios es el autor anónimo de la creación por falta de ascensor. Observe, compañera del alma, la enrevesada complejidad de lo que escribo por un camino de cabras. Esta novela me sobrepasa por donde peca. Con todo respeto, mi álgida Señorita, le señalo que mi novela permite infinitas lecturas significativas y hasta contradictorias, mientras que su reloj sólo da la hora y a veces con retraso.

»En esta novela, agudísima experta, cuento lo que me sucede, por eso no narro lo que escribe mi vecino; pero tampoco describo las manchas de tinta en el sobaco. Yo no intento pasmar al lector distraído, y con los papeles mojados, bromeando pues estoy locamente enamorado de Cecilia, mi gloria aureolada.

»Toda novela, felicísima comentadora, es siempre una cadena de enriquecedoras meditaciones sobre un episodio que siempre gira en torno de Cecilia, mi ventura cristalina. El que los novelistas trivialicen su estética enseñando los dientes con narraciones llamativas de los hechos, no significa que tenga que encerrarme en una maleta... y menos aún que se procese a Theo, cuando nada tiene que añadir a lo que no ha dicho.

»Novelísticamente suyo.»

(Firmé con mi nombre y apellidos y con el corazón en la mano.)

XLV

El día que ingresó Cecilia, mi creadora de añoranzas, en el Pabellón de Incurables, me presenté bajo una máscara que representaba a su idolatrado Alejandro Magno escribiendo sus memorias. La pobre estaba acostada en la cama de forma tan inconfortable como Theo, pues ambos ocupaban tan sólo la mitad del lecho y además ¡con qué sofoco! Aprovechando, sagaz como el coche de San Fernando, una pausa en el vaivén de sus cuerpos, le pregunté a Cecilia, mi impúber legendaria, qué recuerdos conservaba de aquellos favoritos con la lengua fuera, y si se acordaba cómo se ayuntaban con ella en orgías tan repugnantes que nunca fueron capaces de privilegiar un punto cardinal frente a otro.

Mi tortolita evocadora, turbada por el amor que yo le inspiraba, no reconoció en mí a su vecino a pesar de mi experiencia intelectual. Incluso hubiera podido pensar que no le agradaba excesivamente que le recordara aquel pasado, puesto en fila, en presencia de Theo. De hecho se puso a vociferar como si un buitre le arrancara su pluma estilográfica.

Instantes después, pues carecía de billete de vuelta, quise contarle el secreto de mi vida. Hubiera podido creerse que no me hacía caso alguno como el zapatero a sus zapatos. Personalmente, tuve la impresión de que me oía a pesar de que ella tenía los cinco sentidos puestos en Theo, sin contar otros orificios que estaban en su cuerpo para echarle la zancadilla. De hecho a tenor de sus protestas, cuando emergía de entre las sábanas, supe dónde le apretaba el zapato.

Se hubiera podido defender la absurda tesis de que mi presencia, como un jamón con chorreras, le molestaba a ella, pues del segundo guantazo que me propinó destrozó mi máscara de Alejandro Magno, erudita como la violeta.

Desenmascarado, y hasta a cara descubierta, le revelé a Cecilia, mi suspiro eterno, aquel secreto de mi vida donde Cristo dio las tres voces.

Durante años había dejado la puerta de la casa de mis padres de par en par abierta como el violín Ingres esperando que una noche, tras una de sus bacanales, la atravesara aunque fuera desnuda y viéndosele el plumero. Soñaba con que hubiera encontrado cobijo bajo mi propio techo más ligera que un volatín. De paso, y dándome un verde, le indiqué dónde estaba la llave de mi dormitorio en el Pabellón; dormitorio que permanecía sistemáticamente abierto, por si una noche se equivocaba de puerta al ir a ver a Theo para contemplar los cielos abiertos.

En tal ocasión cuando, solo, tomaba el desayuno, esperaba que sus labios emergieran del fondo del tazón de mis gachas para confesarme su amor infinito.

XLVI

El ignominioso proceso de Theo comenzó una mañana sin agua caliente, pisoteando con ello todas las genuinas tradiciones como la tempestad en un vaso. Al Ministro de Justicia le advertí por teléfono que Theo como protesta, pues nada sabía, iba a hacer una huelga de hambre, lo cual siempre es excelente para abrir el apetito. Tras varias horas de huelga, Theo, a todo trapo, seguía en sus trece. Y con razón, pues como ya he dicho, ignoraba que detrás del paredón se le estaba incoando un proceso más feo que el Sargento de Utrera. Yo me guardé muy mucho de notificárselo y no porque fuera susceptible o materialista sino para evitar las vacas gordas.

Me entró una sutil melancolía pintada de barro que Cecilia, mi fuente embriagadora, con infinita delicadeza decidió no advertir, si bien era muy capaz de recitar la Declaración de Derechos Humanos. De hecho y con aire solano recitaba con mucho pesquis declaraciones de amor a Theo, pues cualquier tiempo pasado fue mejor.

Aquel bárbaro proceso, entre pan y toros, si se hubiera atenido tan sólo a los hechos palpables y evidentes, en un tris hubiera sido, por definición, de una originalidad ¡tan banal! Theo era inocente como la zorra dormida.

Al día siguiente cuando el Ministro de Justicia me volvió a llamar por teléfono le notifiqué que le esperaba con el cañón de abatir que guardaba siempre a mano en un botiquín de urgencia. En el colmo de la arrogancia y sin pasar una noche toledana, me pidió que me mostrara razonable. De la Ceca a la Meca le respondí como un tocino de cielo que le podía enviar una foto en colores de Descartes escribiendo su *Discurso del Método*.

En verdad los domadores de ostras nunca me habían impresionado y menos aún si en sus ratos libres ejercían de Ministros de Justicia. ¡Había que ser cursi y tosco para alistarse al puesto infamante de Ministro con más hambre que un maestro de escuela! Como si no hubieran existido oficios menos humillantes en aquellos tiempos de paro generalizado para un triste cretino como el Ministro de Justicia.

Le recomendé como médico con más hojas que un Calepino: «Obtuso Señor Ministro de Justicia: sugiérole que pase el resto de su vida encerrado en un piano; así por lo menos aprenderá el solfeo. ¡So analfabeto!»

XLVII

El abogado defensor me llamó por teléfono un día de montaña rusa. Quería hablar con su defendido sin naranjas de la China. Hube de recomendarle a semejante acémila que tan poco sabía del procedimiento criminal que comenzara su defensa cantando *Amado mío* a un grillo.

El abogado, como el parto de los mundos, insistió: quería conversar con Theo. ¡Qué manía de picapleitos por fas o por nefas! Como si Theo pudiera perder su precioso tiempo oyendo por teléfono, como los siete niños de Écija, las elucubraciones hipocondríacas y sin alambradas de semejante leguleyo con la rebaja.

Comprendí horrorizado que aquel abogado era además antifeminista: había que oír con qué impertinencia me respondía cada vez que le llamaba «mi querida señorita». Le pedí que me copiara todas las actas del proceso como si lloviera y que las inscribiera con palabras mayores en el Servicio Nacional de Objetos Perdidos. Naturalmente le exigí que suprimiera todas las groserías a palo seco y especialmente que tachara todas las acusaciones contra Theo.

Para asustarme, aquel parásito iluso me vino con el cuento de que Theo arriesgaba la pena de muerte. Casi me moría de risa sin comérmelo ni bebérmelo. Habían elegido como abogado de mi enfermo predilecto a un ignorante con cara de Pascua que ni sabía que la pena de muerte había sido suprimida para pagar el pato. Erre que erre, y testarudo como buen abogado, poniendo los pies en polvorosa, me avisó que la iban a restablecer como el gallo de Morón.

Observando el cariz que tomaba nuestra conversación telefónica, como habas contadas, le pregunté si sabía bordar. Me contestó: «Muéstrese correcto conmigo, por favor.» Hube de comunicarle que en mi tiempo los abogados hablaban el japonés y bailaban la jota. Si esto que cuento en vez de ser una novela fuera un sainete, aprovecharía la ocasión para escribir un final de acto con el fin de enterarme si funcionaba o no el telón.

En el Pabellón, gracias a mi oficio y beneficio, los enfermos se morían con la sonrisa en los labios ignorando la tragedia que la Justicia urdía contra aquel hombre, Theo, que los socorría hasta el último suspiro sin faltarle una jota.

El ratón Héctor estaba preocupado, temía que al abogado en plena defensa se le cayera la lengua por un exceso de velocidad de sedimentación.

XLVIII

Me temía que Theo se percatara de que los incurables como él, durante sus últimas semanas de vida (que coincidían, por peteneras, con sus agonías), enloquecían a ojos vistas y desbarraban de forma absurda, incoherente y disparatada como pata de banco. En aquellas circunstancias donde los galimatías y los desatinos campaban por nuestros respetos, ¿cómo iba a anunciarle que le estaban procesando? ¿No iba a creer él que el mundo entero, contagiado por la enfermedad, se había vuelto loco y que se empezaban a vislumbrar, a plomo, los primeros síntomas de su propia muerte?

Mis observaciones científicas a brazo partido sobre los agonizantes del Pabellón me habían conducido, sin marcha atrás, a la conclusión de que el virus, en las últimas bocanadas, atacaba el cerebro de los incurables, perturbándolos hasta la locura más desatinada comiendo de mogollón. La enfermedad, en las postrimerías, descomponía la razón del agonizante trastornándole, antes de quitarle la vida de propina y sin las cornadas que da el hambre.

¡Qué paradoja tan instructiva desde que Mambrú se fue a la guerra! La experiencia hospitalaria, de manos a boca, me mostraba que el ser humano podía no sólo volverse loco y, al tiempo, permanecer imbécil sino incluso morir. Y todo por culpa de los médicos que son peores que el agua y aún más calcáreos, pues corrompen la Medicina en cuanto se inmiscuyen en ella como el gato que se lleva el agua.

Mi querido y tutelar lector, ¿ha oído usted hablar

de la enfermedad más secreta de la Historia en paños menores? ¿Conoce usted un secreto mejor guardado que la fabricación de la bomba de neutrones y del que ya he hablado en páginas precedentes porque no me gusta repetirme, aunque me poden los refranes?:

La I.A.T.R.O.G.É.N.E.S.I.S.

Ruego a mis morigerados y fogosos impresores que usen mayúsculas goliáticas para nombrar a esta lepra oculta armada de zafarrancho.

Esta desconocida epidemia ha permitido que los gastos médicos aumenten en un 775 % en veinte años: diez veces más que el índice de precios, pues Zamora no se ganó en una hora.

Este encubierto cáncer lo causa el médico con su presencia y con sus actos clínicos como los cuentos de la buena pipa.

Este clandestino mal incurable del que está prohibido hablar o escribir en una novela como ésta ha ocasionado la enfermedad de Cecilia, mi clavel predestinado. Enfermedad ésta que para colmo de males fue agravada por su abnegación al permitir que se acostaran con ella repetidas veces individuos contagiosos como las margaritas de los puercos.

XLIX

Las noticias que me llegaban del Palacio de Justicia, entre la cigarra y la hormiga y por teléfono, eran tan aberrantes que ganas me entraban de abandonar para siempre jamás mi misión médica por un puesto de delantero centro.

La Humanidad, sorda a mis advertencias clarividentes, se encerraba en el caos, tras el paredón que habían construido como la biblia en verso, para aislarnos. Los efluvios de tanta insensatez con pajarita eran tan pestilentes que me preguntaba si no tenía que alquilar una máscara de gas para los domingos con muchas ínfulas.

Pensar que a un esteta de la exigencia de Theo se le hacía un proceso vandálico por una historia a la par ridícula y fúnebre como un macho cabrío. ¡Pobre Theo! Toda su vida perseguido por un destino cruel sonado por la campana de Huesca. Siendo un mozalbete, a huevo, tuvo que renunciar a una brillante carrera de barítono que se abría ante él como los carneros de Panurgo, cuando comprendió que para llevarla a cabo era necesario cantar. Que a aquel melómano tan depurado como exigente le incomodara la Justicia de forma tan chabacana partía el alma con un hacha de siete filos.

Theo probablemente barruntaba algo de lo que se tramaba a sus espaldas echando chispas. ¡Lo veía tan desganado a la hora de lavarse los dientes! No obstante, por pura misericordia corriente y moliente, se seguía dejando consolar por los agonizantes, pero cuántas veces, tan fláccido estaba, que ni se quitaba los calcetines. Nunca quise saber lo que hacía con Cecilia, mi gozo perfumado, por eso los espiaba por el agujero de la cerradura con el mazo dando.

¡Theo sufría tanto! Toda su vida había sido un perseguido; ya sus padres, siendo niño, aceptaron a regañadientes su nacionalidad.

Cuando veía a Theo en la cama del Pabellón, desnudo, con Cecilia, mi reina de Noviembre, en sus brazos igualmente desnuda, sentía un no sé qué tan furibundo que me entraban ganas de estornudar. Cuando se frotaban mutuamente los labios (... y hasta las lenguas) comprendía que el universo no era estrictamente materialista sino más chulo que un ocho.

Estaba tan emocionado, tan al borde de las lágrimas contemplando el ritmo de aquella pareja, como nueve musas, que cuando me llamaron por teléfono de la Presidencia les recité mis sonetos amorosos, a pesar de que los había ya escrito William Shakespeare.

L

Me imagino la pregunta de mis perspicaces y confederados lectores: «¿Por qué me he saltado el capítulo precedente?» Confieso humildemente que porque no me enseñaba nada con respecto a la historia de mi amor. Por esa razón a ese capítulo inexistente ni siquiera le he dado un número y menos aún romano como la quinta columna. Es un procedimiento que forma parte de mi técnica novelística cuando hay ropa tendida.

El abogado me pidió tocando pitos y flautas que le describiera por teléfono la vida de Theo en el Pabellón con todo detalle. Le envié, llevado por los cabellos, un croquis representando los planos de un autogiro sin echar mano de mi consumado arte de la lamentación. Por una extraña circunstancia que mostraba una turbación, sin purga de Benito, le indiqué que Theo se despertaba en cuanto terminaba de dormir, con una estabilidad que para sí quisiera el rey que rabió.

A medida que hablaba con aquel abogado comprendía que la Justicia era el paralelo más perpendicular de la Medicina en el instante de ponerse las batas.

Si la iatrogénesis es el conjunto de enfermedades, impotencias, angustias y de ceros a la izquierda que engendran como pedrada de boticario los médicos, con sus cuidados; en el terreno jurídico los jueces, magistrados y abogados son tres cuartas de lo mismo, sean o no culpables los prevenidos, como ya se colige de la superstición del número trece.

El abogado de Theo era el típico provocador de desgracias jurídicas no por el huevo, sino por el fuero. Le preví un gran porvenir en el Gulf Stream.

Me preguntó si Theo conocía la gravedad de los delitos que se le imputaban, le repliqué: «Y usted ¿conoce la vanidad de la tortilla que puso Colón en Puerto Rico?» No nos comprendíamos, pensé que seguramente su caballo bebía. Era una tara que en aquellos tiempos afligía por lo general a todos los abogados que instalaban a sus cuadrúpedos equinos y ebrios en el bufete. Pero no podía ser una excusa tan tiesa como un gastador.

Le sugerí, con la desesperanza teñida de aguarrás, que nombrara a Theo abogado de su propia causa perdida entre Filípica y Catilinaria.

LI

¡Aquel ignominioso proceso que se instruía como plátano de pregonero tan lejos del Pabellón, qué tempestad de desgracias acarreó con mangas verdes! Únicamente en los diez días que sucedieron al comienzo del proceso diez incurables (cuatro enfermas y seis enfermos) que amaban a Theo con locura pasaron de vida a muerte a diestro y siniestro. Theo, sin ayuda de nadie y sin jactarse, procuraba a los desahuciados una agonía amorosa, en la cama, palpitante aunque sin altavoces.

Entre besos y caricias, Theo asistió al último suspiro de los moribundos a partir de un confite. Les ofrecía el *happy end* más entretenido y arrebatador: morir amado. Que para asegurar este final feliz, a posta, tuviera que acortar la vida de los agonizantes, ¿quién podría reprochárselo en este mundo mortal en el que un vendedor de armas otorga el Premio Nobel de la Paz bailando el agua?

Contemplar a Theo metido desnudo en la cama de un incurable en el trance de morir, era un espectáculo que impulsaba al amor y que me hacía llorar de emoción con agua de cerrajas. Las dosis de cianuro que daba en aquellas inolvidables noches a sus enamorados, con otras medicinas menos eficaces y con calvados, preparaban al viaje eterno con la ropa interior adecuada.

Theo encontraba las palabras, aún acosado por los ingleses, que todo agonizante quiere escuchar cuando está con un pie en el sepulcro aunque en semejante trance sea incapaz de distinguir la sirena de los bomberos del tamborileo de la melancolía. ¡Qué autor dramático!

Que a Theo un jurado menos célebre aún que el Pato Donald intentara, llamándole chocolate, condenarle me daba tanta rabia que estaba dispuesto a bañarme las orejas aunque no sabía nadar.

Cuando el abogado me llamó para pedirme que leyera el acta de nacimiento de Theo le mostré mi cuenta bancaria con el último mono. Comprobé de esta manera que los abogados nada ven a través del aparato telefónico. ¡Cegarrutos! Fuera de mí, pero dándole arroz a la zorra el abad, le exigí que no me volviera a llamar si tan sólo era para hablar conmigo. De lo contrario le respondería el que asó la tanqueta.

LII

¡Estaba de un cabreo supino! El abogado de Theo (¡pero qué alcornoque de mollera!) era un ignorante de tomo y lomo que ni creía en Buda ni sabía cuánto pesaba. Me ponía nervioso oírle por teléfono pero sin un mondadientes, hablarme de Theo. Era tan obtuso y tan mastuerzo que de no haber sido abogado no lo hubieran aceptado ni como reventador de neumáticos.

El ratón Héctor lo odiaba como sólo sabe odiar un ratón. Me aconsejaba que en cuanto lo oyera por teléfono me fuera en un crucero por el Pacífico en compañía de un alféizar. ¡Era más listo que el salto del pasiego! ¡Animalito! Gracias a él me enteré de que el abogado era más tartamudo que el pregón de Codos: padecía una repentina parálisis de boca que tan sólo desaparecía cuando se ponía a hablar. Que a semejante peligro ambulante (desde el helado hasta el ardiente polo) la Justicia le confiara la ardua tarea, echándole guindas, de defender a un criminal como Theo era algo que sobrepasaba con castañas oscuras lo inimaginable a caballo.

¿Podía, en verdad, extrañarme tal iniquidad con boca de ganso? ¿No existían, entonces, a patadas cirujanos que operaban a tientas con un 3 % de visión en cada ojo y con gatos encerrados? ¿No había, en aquellos tiempos, médicos a mansalva que no conocían ni remotamente los ingredientes de las medicinas que prescribían y que ni siquiera las probaban en sus cócteles del desayuno? Mientras el número de muertos y encarcelados no cesaba de aumentar, médicos y abogados, chupando de la bota, hacían su agosto al retortero.

¡Qué paciencia tenía mientras salía el sol por Antequera! ¿Cómo podía tolerar a los canallas del tren botijo sin comerme los dientes? La Medicina era un mito inventado por los fabricantes de batas blancas. Y ¿qué decir de los abogados con palotes de Perico? Felizmente que no son inmortales, si no habría que ver a cuánto subirían sus honorarios.

¿Se podía juzgar a Theo tras el suicidio de Sócrates y de Mishima, tras el asesinato de Luis XVI y de Abel, y tras las sospechosas muertes de Zola y Tarzán? Me entraba una depresión en doble sentido capaz de mojarle la oreja al mismísimo abogado.

LIII

Cuando el Ministro de Justicia me llamó a las ocho de la noche pensé que me quería vender la mitad sur del trópico de Capricornio. ¡Estaba él tan nervioso!

Pero si Theo era el Atila que pretendían los jueces, ¿por qué no sabía montar a caballo? ¡Y no quise hablarles de hierba! Además, si fuera cierto lo que a ojos vistas era falso, sólo tenían que segar la hierba donde hubiere debido pisar su caballo.

Era tan humillante para un sabio como yo, andando a la flor del berro, oír a un Ministro durante doce minutos largos sin que en ningún momento tuviera la delicadeza o por lo menos la corrección de reconocer que Cecilia, mi guirnalda de nostalgias, era el ser más maravilloso de la tierra. ¡Era un pobre retrasado mental! Un ratón como Héctor era muy capaz de comprender infinitamente mejor que aquel desgraciado Ministro mi amor rebosante como las alas del corazón. Y sin embargo, ¿habían pensado darle el puesto de Presidente de la República al ratón Héctor en el caso improbable de que lo aceptara? ¡Catetos!

¿Qué le importaba a Theo ser acusado de mil muertos puesto que no estaba al corriente del proceso a la media lagartijera? ¡Qué mal sabía contar! Y de qué forma tan estrecha y ordinaria. ¡Qué analfabetos sin jotas ni tortas! Trataban de insultarlo y de poner en duda su laboriosidad más larga que un mes de mayo. ¡Mafiosos! ¡Más que vagos! El tribunal se había permitido la frivolidad, si creía las informaciones que me llegaban al Pabellón, de escuchar a varios testigos de la acusación como quioscos de necesidad. ¡Celosos! ¿Por qué en vez de oír a estos acusicas no llamaron a un par de solistas que muy bien les hubieran podido cantar *Don Giovanni* en latín? ¡Patanes!

Así va la Justicia en este país, donde los jueces se dejan influir por cualquier bocazas, por la simple razón de que ha visto y oído lo que un mínimo de discreción le hubiera obligado a silenciar haciendo pinitos.

Los Palacios de Justicia deberían instalarse en los cruces de las carreteras. ¡Cuántos accidentes de coches se evitarían! ¡Qué pensarían de aquel proceso a Theo, como rueda de molino, Luis XVI y Robespierre si hubieran levantado sus cabezas! Pero mi amor por Cecilia, mi beso nocturno, estaba muy por encima de tanta mezquindad untada con brea.

LIV

Lo que mis estupendos y mañosos lectores ya sabían desde el capítulo 48 las «autoridades-médicas-del-país» tardaron lo suyo en enterarse desde Babia. ¡Plagiarios! El Ministro de la Salud me leyó por teléfono el informe de mis «colegas», arrimando el ascua a mi sardina. ¡Menudo descubrimiento de payasos!

Paso a comunicar el documento capital aún sin gambito de Dama que redacté en su día, años antes que mis «colegas», que brillaban por su ausencia:

MI CONTRIBUCIÓN FUNDAMENTAL A LA CIENCIA:

- La epidemia, en la fase que precede a la muerte, transforma a los agonizantes en ciudadanos absurdos y triunfadores como el caballo del Cid.
- Los enfermos en este período final se bañan en un optimismo delirante sin lavarse las manos. Baño que no les impide morir, sino todo lo contrario.
- Los incurables en esta fase última profieren sus extravagantes razonamientos y sus ideas locas sin pudor ninguno, aun en presencia de menores de edad.
- La alegría incongruente y la confianza en sí mismos los conduce a los más disparatados desvaríos, limpios de polvo y paja como la casa de Troya.
- En esta etapa postrera viven, sin embargo, la historia amorosa más exaltante de sus vidas. Historia que muy bien podría dar una fiebre de caballo a un rinoceronte sin necesidad de termómetro.
- Se imaginan amados, frenéticamente, por un ser

que les echa flores, les hace versos y les construye las siete maravillas del mundo. En realidad sus «enamorados» los desprecian o los consideran como insufribles pelmas, a pesar de los pasmosos progresos de la industria de la sardana.

• Sus confusas y fabulosas teorías científicas tan sorprendentes como originales, ninguna persona sensata podría examinarlas pues eran muy capaces de cuadrangular un círculo.

• A estos incurables, en las semanas que precedían a su muerte, nadie podía disuadirles de que eran los mejores aún con un palmo de narices. Se volvían tan fanáticos que con la misma naturalidad conversaban con una rata de río que abucheaban a una tempestad.

LV

El abogado de Theo me relató telefónicamente, entre pelos y señales, los dos primeros días de audiencia, aunque se le veía el plumero. ¿Y a mí?, ¡qué! ¡Menudo etiquetero rutinario que estaba hecho! Para escándalo propio y asombro de extraños, según caía la balanza, supe que el Presidente del Tribunal no abrió los debates haciendo el panegírico que, cual *mare nostrum*, merecía la belleza de Cecilia, mi primorosa perfección. ¡Incivil! ¡Mal educado!

Me enteré de que a los miembros del jurado les distribuyeron fotos de Theo para coaccionarlos de mala manera, como si lo contara un pajarito. El abogado dejó pasar aquel atentado a la incomparable y hermosa intimidad de Theo, sin morder el polvo. Yo mismo hubiera podido disertar durante horas sentado sobre las rodillas del Presidente del Tribunal. (¡Y no soy abogado! ¡Qué berzas!) ¡Los jueces, estaba convencido!, al oírme se hubieran rasgado sus togas para cubrir sus piernas, a fin de que no las contemplaran obscenamente los depravados mirones que suelen asistir a semejantes espectáculos durante las noches de perros.

El fiscal la tenía tomada con Theo como el siglo de oro. Parece ser que, de entrada y aprovechándose de su impunidad, le acusó con crueldad y sin utilizar frase cariñosa alguna, ¡ni en inglés!

Estimulados por un energúmeno de tal tamaño, los testigos se dedicaron a denigrar a Theo como al burro flautista, disfrutando de la vista gorda de los jueces. Ninguno de ellos aportó al pobre acusado una sencilla y rústica sopa de puerros en un termo... y eso que no estaba presente, como yo.

Nadie hubiera podido vaticinar, con gusto y cien panderos, que el Tribunal iba a carecer de *fair-play* hasta tal punto que iba a mentar desde el primer momento los crímenes de Theo. Si hubieran meditado con la almohada sobre este desmán, no me hubiera extrañado que traumatizados como cetáceos terminaran sus días, tan campantes, suicidándose como las ballenas pero con una bufanda.

Del abogado de Theo me prometí no decir nada nunca jamás, a no ser que fuera necesario para la comprensión de esta novela. No obstante, yo dormía con los ojos abiertos como el Guadiana.

LVI

El tercer día, al parecer, los bedeles desalojaron de las puertas del Tribunal a los miles de curiosos que habían pasado la noche con un blanco y el presidente declaró abierta la audiencia con tortas y pan pintado. Una vez más sólo faltaban el acusado y yo, para mayor desgracia por la culata. Como era la tercera vez que sucedía aquella ausencia hecha de novillos, todos se iban acostumbrando, a pesar de que había una mayoría dura de oreja como en los estrenos de teatro.

Supe que el fiscal, para mayor escarnio y ditirambo, ni se vestía con pijama ni le acompañaba una cigüeña. Por lo visto, aquel tipo tan repugnante tan sólo tenía una idea metida en su cabeza por los chorlitos: tachar a Theo de criminal. Y yo me preguntaba desde el Pabellón, ¿pero qué pintaba un gángster semejante en aquel proceso de cigarras y hormigas?, ¿lo hacía a posta y de bigote para sacar de sus casillas a Theo, que no se movía de la cama de incurable?

A aquel birria y mamarracho de abogado le facilité con rositas y un balde, pero por teléfono, los cuatro argumentos morrocotudos de la defensa, como otras tantas fichas de dominó:

- Decir que Theo era un asesino era la mayor de las mentiras, incluida la televisión.
- Los crímenes que había cometido Theo carecían de importancia como las campanillas del padre y muy señor mío.
- Que aquellos asesinatos fueran o no importantes era lo de menos, puesto que ninguna de sus víctimas se lo había reprochado nunca.

• Y, por último: allí estaba yo en el Pabellón como Theo dispuesto a jurar sobre la cabeza de la madre del Presidente del Tribunal, que aquel tercer argumento era más auténtico que la caza de grillos.

Cuando adiviné que el abogado me escuchaba por teléfono distraído comprendí prematuramente que, como me temía, estaba locamente enamorado de Cecilia, mi música ensortijada. Era un amor pornográfico y braguetero que azuzaba el hecho de no conocerla. Astutamente no me hablaba nunca de ella, ni tan siquiera cuando le sugería que se duchara con aceite de hígado de bacalao. ¡Hipócrita! Me daba cuenta horrorizado de que quería que le enviara una foto por el hilo del teléfono, para saber qué cara tenía. Me preguntaba si no tendría que prevenir a los padres de aquella indefensa huerfanita.

¡Todo era tan escandaloso! Y, mientras tanto, el proceso lejos de Theo y de mí seguía su curso derramando doctrina como pedrada en ojo de boticario. ¡Pobre Theo! Le había tocado vivir en un país en el que ni había justicia ni podía haberla con semejantes asesinos.

LVII

Al parecer, un canoso testigo, que ni siquiera fue nunca incurable y que jamás puso los pies en el Pabellón, aseguró en pleno proceso haber visto a Theo adolescente en casa de sus padres asesinar a sus víctimas, en veintidós ocasiones. Pero ¿por qué no intervino, pues el estilo es el hombre, para proponer un contrasentido? ¿Cómo fue posible que el jurado escuchara semejantes barbaridades sin dormirse?

Aquel testigo de cajas destempladas supe que tuvo que reconocer que Theo le había hechizado, como si de sus mejillas emergieran alas. Aseguró que todo el que permanecía a su lado parecía fascinado por su encanto como puente de plata. ¿Y para oír estas cuatro perogrulladas el jurado hizo venir a un testigo que se dejaba crecer las canas para taparse su caspa? ¡Qué ejemplo para una juventud tan ancha como Castilla! Juventud que se vio obligada a oír, enseñando la oreja, un sinfín de majaderías con la bendición de los jueces, cual ostra en petaca.

El testigo afirmó que, a pesar de todo, seguía locamente enamorado de Theo, como todos (¡viejo verde!). Siempre temió que lo matara como a los demás, pero mantuvo, pues otro gallo le cantaba, que al fin y al cabo deseaba aquella muerte que propinaba a sus víctimas con tanta ternura de golpe y gracia. Aquello no era un proceso, el testigo, aprovechándose del destierro de Salomón y de sus dos mamás, acosaba a Theo como una jauría a la caza de grillos. ¡Qué falta de cortesía con un ausente *a posteriori*!

Theo, según aquel casposo testigo, se dejaba amar

por los seres más desgraciados como el chivo emisario. Los conducía con infinita dulzura a un nirvana sensual y, sabiendo que no podía preservarlos en aquel estado paradisíaco eternamente, los mataba para dormirse en las pajas. Teatralmente se volvió hacia el jurado y, al parecer, preguntó quién no hubiera deseado intensamente ser un huevo incubado bajo el delicado vientre de Theo: ¡Degenerado! ¡Tortillero!

Se atrevió a augurar que nada ni nadie podría impedir a Theo seguir matando en el Pabellón. ¿Y si hubiera vivido solo en el mundo? ¡Imbécil! Durante ciento veinte minutos que los presentes vivieron como dos horas, aquel sádico no cesó de divulgar incidentes sangrientos que hubieran debido por discreción ocultarse desde los miércoles de ceniza. ¡Cotilla! ¡Aprovecharse de forma desacreditativa de un amigo que durante años le abrió su hogar como el gato a la liebre!

¡Y aquel ineducado cernícalo había, según se supo, levantado su corazón por encima de su cabeza jurando decir toda la verdad, sin saber lo que se traía entre manos!

LVIII

El pobre Theo cuando uno de los incurables moría entre sus brazos, tras haber ingerido una suculenta sopa de fideos aderezada con cianuro, se hundía en el cansancio como el *Titanic* en las entrañas de la tierra.

Cecilia, mi dote acicalada, aunque nada sabía del proceso, lo recostaba sobre su cama del Pabellón, lo descalzaba, le daba un masaje de pies a la bartola y, por fin, otro de sien, a pesar de su mala memoria. Luego lo desnudaba y husmeaba con simpatía en su entrepierna chapada a la antigua. Todo aquello no sólo lo veía con mis propios ojos sino que días antes lo había leído en un libro blanco. No podía menos que declararle a Cecilia, mi albor de gloria: «Gracias por este instante que me toca el corazón como el cristal del acero inoxidable.» Creí que enloquecida de amor me iba a preguntar con quién había venido al mundo al nacer. Pero como estábamos en una novela sólo yo formulaba las preguntas. Puesto que la iba a firmar.

¡El abogado seguía como si fuera un criado que respondía cuando se le llamaba! Me entraban tales berrinches en cuanto oía el timbre que me salían estigmas de salchichón a modo de espejismos.

Una mañana quiso saber si iba a hacer una declaración telefónica sobre Theo. A punto estuve de decir que sí para saber si funcionaba el servicio de taquígrafas. No obstante, le pregunté: «¿Atraviesa una avenida el Tribunal?» Ante su silencio candente, proseguí: «¿De cuántos bidets dispone el juzgado de guardia?» Pronto comprendí que el abogado de Theo no sabía ni quién era su madre, a pesar de compartir su vida con ella.

Aquel hombre, pintando a los calvos de ocasiones, había concebido, sin embargo, un amor loco como un siquiatra de juicio por Cecilia, mi porcelana de espejo. Demostraba con ello una sensibilidad tan vehemente que le cruzaba la cara; por ello le recomendé que escribiera una novela de amor rompiendo la crisma de su timidez. Reconoció que la había escrito sin medirse las espaldas. Hube de confesarle que yo también ya la había leído, aunque su libro estaba lleno de páginas.

¡Me asustaba su frivolidad! Se estaba jugando la reputación de Theo en un proceso con la legua de los cómicos y su abogado defensor me hablaba de Literatura como en Estocolmo.

Ganas me entraron de inundar durante una de sus conferencias telefónicas su despacho con aguardiente para que patinaran las salamandras.

LIX

«A menos de un milagro, mañana Theo será condenado.» Y para hablarme de milagros aquel abogado tan supersticioso me llamaba al Pabellón un martes trece entrado en años.

Supe que el fiscal osó calificar a Theo como uno de los mayores criminales de la Historia cuando ponía una pica en Flandes. No obstante, se atrevió a compararle con Landrú, Jack *el Destripador*, Petiot... Semejante retahíla de nombres estuve seguro que había cansado la paciencia del auditorio al tanto por ciento. Usando una mezquina contabilidad de hortera sumó las víctimas de Theo olvidando que el público esperaba otra cosa de un proceso criminal de vanguardia. Una filípica tan petardista nadie hubiera soportado escucharla sudando la gota gorda por la radio en 1523.

Al parecer, el abogado defensor de Theo ni siquiera envió una jarra de cerveza a la cabeza del fiscal. ¡Qué mal efecto debió causar su culpable pasividad! Pero un abogado tan ignaro como el betún, ¿sabía dónde estaba el Tribunal? Ruego a mis laboriosos e incesantes lectores que olviden a este individuo en la ausencia del Duque de Medina Sidonia durante la excursión de la Armada Invencible,.

El fiscal acusó a Theo de un sinnúmero de asesinatos con premeditación, alevosía, abuso de flaquezas, nocturnidad y picas secas. Mi objeción no podía ser más clara: el fiscal era un gilí. Así iba la Justicia desde que había muerto Kierkegaard. Y que nadie me diga que la Medicina es peor; porque los médicos no tienen ni siquiera la excusa de la muerte de Kierkegaard.

¡Qué época tan decadente para papar moscas! El público sentado y pasivo, al parecer, no apedreó al fiscal con los libros de cocina. Por mi parte yo estaba dispuesto a tirarle al océano una noche de luna llena mientras contemplaba los senos de un cisne.

El proceso continuó en mi ausencia tras un rosario en la Aurora, con el discurso del abogado que, para mayor escarnio, no era tartamudo como Demóstenes vestido de sarraceno. Al parecer, comenzó tan mal y terminó tan peor que mucho me temí que en medio pintara grafitis obscenos desde la barrera.

LX

La noticia llegó como panza al trote: Theo había sido condenado a la «máxima pena». Con aquella escandalosa sentencia, ¿le daban un motivo para vivir a los que iban a morir o a los que ya habían muerto gracias a la intervención de Theo? ¡Cuánta hipocresía como cornada de burro! ¡Cuadrúpedos! Y sin embargo aquel inaudito veredicto no podía sorprender a aquellos que como yo esperaban que de un momento a otro se declarara la tercera guerra mundial o perdiera una partida de brisca.

El canallesco, de higos a brevas, público no sólo no pitó el fallo sino que pidió a gritos la cabeza de Theo; un autógrafo suyo no les hubiera apaciguado. ¡Cavernícolas reaccionarios! La prensa, hablando con boca de gato, tenía la culpa de todo: siempre le había calificado de «enemigo público número uno». Pero ¿sabía contar hasta diez? Prensa que, refocilándose en la abyección como la viperina y roja Albión, nunca publicó en primera página la foto, echando el áncora, de Cecilia, mi porvenir de bolillo. ¿Qué se podía esperar de plebeyos tan ramplones que sólo arrojaban el guante para desafiar al vértigo?

Los médicos, como siempre, en vez de socorrer al ser humano que estaba en peligro de muerte (Theo), ladraron con los perros rabiosos atados con longanizas. ¡Si Pasteur hubiera levantado la cabeza, sin barcos pero con honra!

El enemigo público número uno no era Theo, por mucho que le condenaran a la máxima pena, sino los cirujanos que transformaban las agonías de sus pacientes en los peores suplicios y eso que con azúcar estaban peor. ¿Por qué no animaban a sus enfermos haciendo *strip-tease* en vez de cortarles hasta el hilo con la vida?

¿Qué culpa tenía Theo de que la «esperanza de vida» que había progresado siempre comenzara a periclitar bajo cuerda como el año de la Polca?

Aquella bárbara sentencia, ¿podía impedir que se compararan los cuidados médicos de ayer y de hoy haciendo el primo y cotejar los resultados para que les dieran morcilla?

Los médicos actuales que tan bien sabían cortar, sajar, recetar, enviar rayos, operar y torturar a los pacientes hasta la muerte, pues el que la sigue la mata, ¿podrían conseguir, gracias a la condenación de Theo, transformar su altanería de ignorantes orgullos en la modestia creativa del que duda como el Fuego de San Telmo?

Por todas estas razones les recomendaba a los caballos que me rodeaban que no hicieran medicina, y menos aún cirugía, sin tener siete vidas como los gatos.

LXI

Si mis fieles e hiperbólicos lectores no hubieran conocido mi indomable culto a la verdad, hubieran pensado que inventaba un infundio cuando les comuniqué la noticia:

¿¡THEO HABÍA SIDO CONDENADO A MUERTE!?

Todos los que sabían escribir ya no dejaron de leerme perdiendo los estribos. Llovieron cartas de indignada protesta, como si nevara una tempestad en un vaso de agua, al tiempo que se alzaban las barricadas como las peras de Don Guindo. Se temió que las fuerzas vivas ocuparan el Palacio de Justicia y de que en represalia representaran el incendio de Roma.

El Ministro de Justicia me llamó por teléfono para anunciarme el escándalo al buen tuntún. Si mi furia se hubiera materializado en lágrimas el Ministerio hubiera desaparecido bajo las cataratas del Niágara.

Los miembros del Gobierno, sordos desde las tapias e incapaces de componer en tan favorables disposiciones una página de Beethoven, reunieron el Parlamento. Por celos de Theo y como venganza de tinta china, el cónclave se celebró con una urgencia que no le cabía en el pecho y más sospechoso que el siglo XVII. ¿Qué se podía esperar de un Gobierno de cretinos de caldo gordo que no había cesado de deteriorar el servicio de aduanas con trenes que no gozaban de saunas?

Al Ministro le entró una depresión nerviosa tan morrocotuda que soñaba con vender su chaqueta de piel de cocodrilo a un espía luxemburgués. Se le había metido en la cabeza la absurda idea de que el país estaba traumatizado por los crímenes de Theo. Pero ¿quién les había obligado a divulgarlos con semejante sentencia del Tribunal pregonada como el vuelo de las campanas? Víctima de la presión popular, puesto que el número de tontos es infinito, no se atrevía a reírse como caballo de madera, mientras me narraba la rotación del Parlamento a pluma y a pelo.

Los representantes del pueblo votaron como un solo hombre, mujeres incluidas. Sin escrúpulos cerraron la guía de teléfonos y durmieron como los brazos de Morfeo. ¡Inconscientes!

La prensa había realizado una campaña rastrera que ni siquiera había pagado una marca de chocolate en polvo. Había argumentado, con las típicas falacias del cuarto poder (de la quinta columna), que de nada serviría condenar a Theo a la «máxima pena» si seguía en vida y rodeado de víctimas potenciales que podía seguir matando a su antojo y sin babero. Les previne: aquello era el más repugnante proceso de intención desde el Himno de Riego. Les maldije tal un Cecil B. De Mille: «El que a calumnia mata, a calumnia muere, como el hierro.»

LXII

El Presidente del Tribunal Supremo me leyó por teléfono la sentencia con sus pies de barro.

El Parlamento había autorizado por primera y última vez al Tribunal a asimilar los asesinatos de Theo a crímenes de guerra de cabo a rabo. El «máximo castigo» no era esta vez veinte años de privación de libertad como de costumbre, sino excepcionalmente la pena de muerte.

Por puro ensañamiento, Theo se veía condenado a morir sin comérselo ni bebérselo, como los vientos.

El Presidente del Tribunal con más lágrimas que un cocodrilo, me habló telefónicamente del peligro que Theo vivo representaba para la sociedad. Le pregunté si había echado un vistazo a las dentaduras postizas que ponen los sacamuelas en plena boca tirando de la manta.

Erre que erre y a río revuelto, quería que reconociese que a un individuo como Theo no se le podía dejar seguir matando impunemente. Mientras le oía ganas me entraban de limpiarme los zapatos con su gramola. ¡Estaba que tronaba!

Llegado a aquel punto de incomprensión por su parte y en vista de que sólo sabía prever nuevas catástrofes y asesinatos de la mano inocente de Theo, le pregunté si le habían quitado ya el permiso de conducir.

Si lo cuento en una novela como ésta, nadie me creería de Pinto a Valdemoro. Pensar que todo un insensato mastuerzo como el Presidente del Tribunal Supremo no había sido capaz en medio de su verborrea de leguleyo de colocar un soneto a los ojos de Cecilia, mi jardín de elixir. Mi pregunta era: ¿los jueces tienen corazón o llevan en su lugar un injerto de endivias y garbanzos?

Aquella sentencia tan leonina, ¿qué escondía? ¿Qué tramaban protegidos tras semejante desafuero que templaba a las gaitas? ¿Con el relato de tantas barbaridades de Theo intentaban distraerme para, a sus anchas, realizar experiencias científicas con toros de lidia a mis espaldas?

El Presidente me informó que el Tribunal Supremo había condenado a muerte a Theo, que el público había aplaudido de pie durante 37 minutos y que el Gobierno estaba dispuesto a ejecutar la sentencia inmediatamente haciendo la jarrita. Le contesté que me estaba haciendo perder «mi» tiempo... cuando, en verdad, mientras me telefoneaba aproveché para desplumar un pollo.

LXIII

Al Primer Ministro (¡lo qué debía de ser el segundo!) se le metió en su cabeza sin títere la idea asesina de que yo me encargara de ejecutar a Theo con la tapa de los sesos. Me explicó (¡mientras tantas máquinas de coser deambulaban por el Nepal sin los pedales reglamentarios!) que dado el riesgo de contagio no podía enviar a su guardia personal para detenerlo dentro del Pabellón. Le pregunté si me hablaba desde la cama del Cid Campeador. Mi interrogación le sorprendió tanto que a poco se le incendian los zapatos.

Al Gobierno se le presentaban dos obstáculos infranqueables y contradictorios como el idilio entre la hoz y el martillo.

- Theo no podía salir del Pabellón para que lo guillotinaran con el garrote vil sin contagiar a todo el que a él se aproximara, y además planchar su ropa hubiera llevado cuatro días.
- Ningún civil sano del exterior podía entrar en el Pabellón para pegarle cuatro tiros en su bella nuca (que tan bien lamía Cecilia, mi torbellino carmesí) sin contaminarse con el mortal virus cual vulgar chuleta de cerdo rancia.

El Primer Ministro se devanaba los sesos para encontrar la solución, a pesar de esconder su calvicie bajo una rueda de locomotora para que nadie se la notara. Cuando me pidió que realizara aquella infame misión comprendí que sabía que yo era médico e intuí que me imaginaba cirujano cortando con las tripas el corazón.

Le sugerí que me enviara al Pabellón una guillotina de bolsillo en un próximo morral. Le expliqué que la utilizaría para cortar rodajas de buenas migas. Se cabreó tanto que me escupió su falsa muela del juicio por teléfono. Para no perder mi dignidad metí un churro en el auricular del teléfono sin pedirle las cuentas del Gran Capitán. No le dije adiós, pues llevaba un gato encerrado.

En el Pabellón se vivió la condenación a muerte tan flemáticamente que nadie lo supo salvo yo. Había una comunión espiritual (como los molinos) tan perfecta entre todos nosotros que cuando Cecilia, mi inocencia del alba, se duchaba en la tercera planta, yo me secaba en el subsuelo con su toalla de cuerpo y alma. Los de fuera nos envidiaban sin contar con que nosotros no teníamos problema para apearnos de los taxis por las orejas.

LXIV

El Director General de la Policía me había dado la orden por teléfono de electrocutar a Theo con una inyección de cianuro que me envió con el macuto. ¡Como si yo fuera un caballero cadete de la Escuela de Artilleros Mutilados!

Aquel Director debía de pensar que estábamos en plena guerra ruso-japonesa, puesto que me dio un plazo de 48 horas para matar a Theo con la sartén por el mango. Me previno que si no lo envenenaba se me consideraría como su cómplice metido en cintura y a su vez ¡yo también sería condenado a muerte!

Aquella gente se estaba volviendo loca sin pestañeárseles el juicio. Les había entrado una manía condenatoria que no se la saltaba con un brazo de gitano. Condenaron a muerte a Theo con la sencillez con que bebían agua; pero no se daban cuenta de que no disponían ni de vasos ni de verdugos y que, por lo general, ambos son personas que se dan a la bebida. Le anuncié, abstemio como los Kyries, que si continuaba molestándome fomentaría un complot de caracoles para llenarle sus calzonazos de fabada.

El Director General de la Policía, que no era un artista al que le daban morcilla, me dictó una serie de órdenes tanto más inaceptables cuanto que no las escuché ni en el sentido longitudinal. Le pedí que como tenía prisa me llamara por teléfono el próximo año, pero antes le recomendé que pasara una consulta con un cirujano estético sin perder la confianza. ¡Se puso a gritar sin consonantes! A poco despierta a Theo y Cecilia, mi mármol invisible, que soñaban conmigo mientras dormían la siesta desnuditos como dos gambas descortezadas. Qué falta de consideración con las virtudes teologales. Una de las más instructivas y exaltantes páginas de la Historia de la Cama se celebraba a unos pasos del teléfono y aquel ceporro empeñado en que ahorcara con cianuro a uno de los dos protagonistas. De milagro no le empitoné con una punta del colchón.

A punto de echar espumarajos por la coronilla y por el auricular de tan enfadado que estaba, le pregunté al Director General si su papá era un mosquito pelón. Lo tomó muy a mal pues le apretaba el zapato. Su suceptibilidad enfermiza, precisamente, había frustrado su carrera de pianista manco.

Felizmente Theo y Cecilia, mi ritmo silencioso, se besaban indiferentes a aquellos métodos abyectos de la Policía verdes y con asas.

LXV

Ante mi negativa de ejecutar a Theo, el Gobierno decidió matarlo por su cuenta y a traición poniéndose las botas. Por mucho menos que eso Van Gogh sufrió un traumatismo tal que su profesor de guitarra tuvo que amputarle la oreja izquierda. Aquel Gobierno de incapaces y de vagos como la redundancia se había propuesto, por lo visto, desorejar a todos los que tenían tirria desde las Batuecas.

El día en que instalaron en torno al Pabellón cuatro nuevos miradores más espinosos y encumbrados que los ya existentes, se nos cayó la cara de vergüenza hasta las cachas. ¡Qué Gobierno tan impresentable! ¡Aquellos miradores qué efecto tan deplorable causaban al meter las cabras en el corral! ¡¿Qué podían pensar los vecinos?! El extranjero debió imaginar que nuestra capital se había convertido en una reserva de caza para jabalíes de cajón.

El pobre ratón Héctor se daba por aludido como la Marcha de Cádiz. Era tan sensible y tan inteligente que creía que un rebaño de topos le seguía a distancia para robarle su hocico. Cuando me contaba sus penas me entraban tantas ganas de llorar que empapaba un baúl de pañuelos.

Cecilia, mi cáliz de serenidad, fue la primera que vio aquellos miradores como las calderas de Pedro Botero. Al día siguiente, instalaron en todo lo alto los mejores fusileros (los «infalibles»). Cuando los distinguí por primera vez me dio un tal patatús que durante dos horas permanecí con un grifo entre los dientes. Theo estaba demasiado preocupado socorriendo misericordiosamente a sus agonizantes, para mirar por las ventanas las calendas griegas.

El Ministro del Interior me pidió que dejara solo a Theo en una habitación de la última planta y con las ventanas abiertas como la casa de Tócame Roque. Harto de oírle corté la conversación y ganas me entraron de quemar su teléfono con la fe del carbonero. Debo confesar que dado mi tacto ni siquiera le recomendé que dimisionara.

Con el Pabellón de Incurables cercado por los «infalibles» armados en lo alto de los miradores, medité en la inmortalidad del alma tantas veces como fue el cántaro a la fuente. Theo, impertérrito y sereno, como un vigilante de noche, enterró al último envenenado que yació a su vera, seráfico, como la carne de cañón.

LXVI

Los «infalibles» frente a los incurables..., no me lo pude creer hasta que no consulté un diccionario. Los mejores guardias de asalto del país (los que el vulgo llamaba a sangre fría los «infalibles») habían ocupado los miradores y con sus fusiles de siete suelas rodeaban el Pabellón y nos apuntaban hasta los dientes. El Gobierno había pasado a la acción gracias al monopolio que siempre gozó de la salvajada, pues era santo de su devoción. Y se atrevían a hablarnos de la Mafia, que como se sabe es tan sólo cosa de mafiosos.

LOS «INFALIBLES» HABÍAN COMENZADO A DISPARAR SOBRE EL PABELLÓN.

Aquel vandalismo merecía capítulo aparte, pero yo estaba demasiado entrado en el LXVI. Mis jadeantes y palpables lectores que tanto se interesaban por aquella escabechina de voz estentórea, o bien me escribieron o bien se asesoraron con las obras completas de la Cordillera de los Andes.

Ninguno de aquellos feísimos «infalibles» aprovechó la altura en que estaba para tocar el saxofón al grito de ¡Viva la Pepa! (¡Zoquetes!) Se pasaron el primer día intentando acribillar a balazos a Theo, pero más cegarrutos que un kilo de cadenas...

... MATARON A TRES INCURABLES!

¡Y de tres tiros en la nuca como el oro de la reacción! Barrunté la posibilidad de declararme en huelga de hambre en protesta y repulsa contra aquellos métodos indignos de Atila, aunque le faltaron las ametralladoras del alma de Garibay.

El Primer Ministro me llamó por teléfono sobresaltado como si tomara las de Villadiego. Me pidió perdón por los errores que había cometido su guardia de asalto con su falta de sentido de la realidad de los Cerros de Úbeda. ¡Menudo estaba con tanta impertinencia, como para rebajarme a hablar con un Primer Ministro que hacía de su capa un rayo! ¡Qué vergüenza! El Pabellón, que era una verdadera tacita de plata con repollos tras aquel tiroteo, como decíamos ayer, se había cubierto de cristales rotos, de salpicaduras de sangre, de rabia de incurables y de bilis con el rabo entre las piernas.

El Primer Ministro (¡cabezota!) me suplicó que le pusiera una bata roja a Theo para que no se confundieran aquellos fusileros, que eran lo más infalible que parió padre desde que al Papa le dio calabazas un dromedario. Pero si no sabían identificar a Theo, ¿hubieran sido capaces de distinguir el rojo del blanco?

Me puse tan melancólico que le pedí a Theo que me dejara dormir sobre su vientre. Con un amor incalculable y una misericordia más larga aún, me dijo: «Le encuentro muy desmejorado. Me parece que a usted también voy a tener que cuidarle.» ¡Y así pasé no sé cuántas horas bebiendo sus vientos, feliz!

LXVII

¡Qué escándalo! Aquel tiroteo no cesaba ni para irse de picos pardos. Y yo me preguntaba: ¿podré terminar mi novela de la que a vista de pájaro me faltan tan sólo cinco capítulos? Aquel ruido de disparos y detonaciones, ¿impulsaron a todos mis editores a dimitir fuera del tiesto? ¿Llegaría a tiempo, tras aquella escabechina, para la apertura de la veda de los premios literarios de origen natural como el santo del día? ¿El rey de Inglaterra, visto lo visto, y deslumbrado por mi novela, me ofrecería una audiencia o un chaleco para-balas?

A los tres días tuve que lanzar un mensaje con todo el monte lleno de oréganos:

«LOS INCURABLES DEL PABELLÓN HAN SIDO DIEZMADOS A TIROS. SOCORRO.»

Los «infalibles», sordos como las vacas flacas, siguieron disparando desde los miradores con muy mala pasada. Los incurables morían con las balas puestas.

Cecilia, mi ferviente primavera, lloraba, a pesar de su discreción, con buen tuntún. Theo la confortaba amorosamente sin hervir la ropa.

El Gobierno estaba tan abochornado que ya ni me llamaba, excepto el Ministro de Justicia, sin decir esta boca es mía. Pretendía disculpar los descuidos de los «infalibles» a toca teja. Le sugerí que a cada uno le adjuntaran un intérprete de inglés como le parió su madre.

Theo iba y venía de un agonizante a otro, acariciándoles, besándoles, sobándoles, diciéndoles fascinantes palabras de amor, mientras se desangraban a prueba de balas. Estaba tan ajetreado que se le olvidó su inseparable botellín de cianuro que llevaba con la lengua fuera.

A pesar de la refriega, hube de proclamar en honor a la verdad, pues siempre fui un caballero, que Cecilia, mi aleluya revoloteadora, me había ofrecido sus senos metiendo la pata. Los dos senos a un tiempo y no uno detrás del otro, como tenía costumbre de brindárselos a Theo; el cual se quedaba dormido con sus labios plegados al derecho, sin ocuparse del seno desamparado, deslenguado y olvidado en el tintero. Sucedió así: sonaban los disparos, los incurables caían en torno mío, cuando Cecilia, mi efluvio de oleaje, se desmayó. En el suelo, su bata abierta por sus ojos bellidos, permitió que aparecieran aquellos dos senos haciéndose los olvidadizos. De la emoción que me causaron podrán darse una idea mis innegables y miríficos lectores leyendo «la antología del atún» que preparo. Sentí como mi amor por ella se elevaba al cielo como un regimiento de caballería..., pues el amor permite todas las licencias. Tan preso estaba de amor que mi pabellón olfativo papillonaba histriónico como si fuera a abrazar la carrera de perito agrícola. ¡Qué momentos de perejiles!

LXVIII

Los incurables estaban tan aterrados por el tiroteo que reinaba en el Pabellón que se dieron el título de «supervivientes» desde que la pelota estuvo en el tejado: el olor a pólvora les trastornaba a boca de jarro de buen cubero. Incluso yo mismo, dejándome llevar por la presión de los acontecimientos y el apremio de los tiros, melancólico como un toro desde la barrera, le pedí la mano de Cecilia, mi inviolable misterio, a Theo. A punto de llorar pensé que el mundo se había vuelto tan materialista con aquel tiro rasante de los «infalibles» que Sócrates había tenido que suicidarse.

El Presidente del Colegio de Médicos me llamaba constantemente para darse por entendido. En cuanto oía su nauseabunda voz (que debía haber robado en un astillero) cortaba la comunicación. Y sin embargo, cuántas preguntas y cuán comprometedoras hubiera podido formularle sobre la destrucción de la Biblioteca de Alejandría y sobre el fin del positivismo lógico.

En semejante trance y con el Pabellón a sangre y fuego como una morcilla, los médicos sudando la gota gorda, me llamaban, tan pancho, y sin ton ni son desde el cabo de la calle. Les imaginaba, mientras me telefoneaban, rodeados de sus pacientes atenazados bárbaramente a riñones artificiales y provocándoles tales torturas y tan refinadas que los enfermeros tenían que vigilar a aquellas martirizadas víctimas para impedir que se suicidaran como el color de la rosa.

A veces me preguntaba si el Colegio de Médicos no había suministrado a los «infalibles» de asalto, los cirujanos de prestigio que nos disparaban desde los miradores como chinches cargados de razón del 8 largo.

Los supervivientes no sólo dudaban de todo a título póstumo sino que no se lavaban la cabeza con quina tragada. Algunos con un celo emocionante se disponían a ocupar la Ópera para cantar el Himno a la Legión. Me temía que con tanto tiroteo resbalaran en un chocolate con picatostes y cayeran en la neurastenia de polo a polo.

Si el virus enloqueció el cerebro de los incurables, aquellos escopetazos constantes les exaltaban como cuando Cristo dio las tres voces. Solemnes y grandiosos proclamaban que esperaban su muerte para volverse ciegos como Homero.

Theo con infinita dulzura seguía dejándose amar apasionadamente por todo aquel que agonizaba con un pendiente de hilo.

LXIX

En plena degollina, mientras los «infalibles» no paraban de disparar y el número de supervivientes disminuía como los martes y los trece, el Presidente del Colegio de Médicos intentaba discutir conmigo de mi propia salud. ¡Estaba en pleno *delirium tremens* por si las moscas! Le pregunté si quería auscultarme por teléfono o venderme un kilo de portaaviones. Tomé la resolución irrevocable de no invitarle nunca jamás a cenar ni aunque viniera acompañado por un rascacielos.

Estaban muriendo a mi vera «mis» incurables acribillados a balazos y el Presidente incoherente desbarraba como el eterno femenino de Maricastaña. Según sus absurdos dires, yo...

«ERA UN INCURABLE COMO LOS OTROS PACIENTES DEL PABELLÓN... UNA VÍCTIMA MÁS DEL MORTAL VIRUS...»

Me anunciaba semejante enormidad, echando las campanas al suelo, sin más pruebas que los análisis de mi propia sangre atada a su dedo. ¡Metemeentodo!

Tantas incongruencias me soltó que llegué a preguntarme si no se había comido un miércoles de ceniza a beneficio de incendiario.

A cada una de sus afirmaciones le respondía con sonoros «¡Mentira!», «¡Charlatán!» o «¡Zopenco!». A cada uno de sus presagios de pájaro de mal abuelo le replicaba con estruendosas risotadas de caballo regalado y con todos sus dientes. A cada una de sus recomendaciones le contestaba con la marea alta... Y a cada uno de sus silencios sobre la divina hermosura de Cecilia, mi dicha de nunca acabar, le oponía un azadón al baño María.

A mis espaldas, y sirviéndose de muestras de mi sangre conservada en el Laboratorio Central, habían osado escudriñar mi propia salud metiéndose en la cola del lobo. Aquello era peor y más infame que un atraco con conejos. Por descontado habían encontrado en mi sangre la presencia del famoso virus limpio de polvo y faja. ¿Y qué tenía de malo? ¿Significaba aquello que estaba enfermo entre teja y teja? ¡No, más que mastuerzos! Lo único que se podía afirmar, a ciencia cierva, es que el virus se hallaba en mis células como en un techo de rosas. No estaba dispuesto yo a tratarle con la agresividad enfermiza de mis colegas médicos, pues todo es según el olor del cristal con que se tira.

Para colmo de disparates, habían observado mi comportamiento síquico y habían diagnosticado no viendo más allá de sus varices que «la demencia absurda y el optimismo irracional típico de la última etapa de la vida de todo incurable estaban» enloqueciendo mi cerebro. ¡Casi me muero de risa tranquilamente encerrado en el Pabellón desde que el mundo es mundo! Desgraciadamente la visión de aquellos incurables agonizando bajo los disparos de los «infalibles» me devolvió a una realidad puesta a buen recuadro.

LXX

> Este último capítulo el autor —yo— se ha visto obligado a dictarlo a un magnetófono con la fuerza de las bayonetas.

«Como un lirio entre los espinos»... ¡Cuánto sufrí durante aquellos últimos momentos de la existencia del Pabellón de Incurables como la confabulación de los siglos!

Una bala perdida, disparada por un «infalible» con la pretensión de matar a Theo, perforó el depósito de gasolina al pie de la letra... El carburante se derramó por el suelo como si viera visiones. Cuando el combustible alcanzó la caldera de la calefacción abrasó el sótano helando mi corazón.

En unos instantes el Pabellón era una inmensa hoguera con la sartén por el tango. Mi idolatrado ratón Héctor, mi sublime confidente, pereció en las llamas cayéndosele el alma a mis pies. Lloré a loco perdido.

Todos los incurables murieron carbonizados en pocas palabras. Contemplando aquel cataclismo me sentía *sicut lilium inter spinas* hablando con el corazón enlazado.

Theo y Cecilia, mi refugio postrero, corrieron hacia el balcón de la tercera planta. Sus batas blancas ardían como el banco de la paciencia. A gritos les di unos consejos al amor de la lumbre. No me oían, pero Cecilia, mi oasis de éxtasis, más enamorada que nunca me miraba con la toca abierta. Estaba dispuesta, lo comprendí, a saltar al vacío para reunirse conmigo para siempre en un castillo en el aire.

Con los cabellos ardiendo, Theo y Cecilia, mi vaporosa libertad, abrazados se tiraron desde el balcón como dos almas en vena.

Cuando me acerqué a los dos cuerpos dislocados, muertos, quise besar los labios de Cecilia, mi boato inmortal, pero ya sólo era una reliquia calcinada en plata.

El humo nos rodeaba de bruces como a Adán y Eva, a Romeo y Julieta, a Heloísa y Abelardo, partiéndome el alma. Amaba a Cecilia muerta más que nunca y como la espuma en un mar de lágrimas.

Apenas si pude oír la orden del altavoz con una pierna por cada lado. Me gritaban, tomándome por Theo:

—Theo, ¡esta vez no te nos escaparás!

Dispararon sobre mí con la fuerza de la costumbre. Vi llegar las balas lentamente como artículos de fe. Se dirigieron a mis entrañas planeando con mil amores. Eran las mensajeras de Cecilia, muerta, mi genio y mi figura. Me las enviaba desde la gloria con sus cinco sentidos. ¡Era tan feliz que tocaba el hielo con la mano! Las balas se acercaban a mi pecho una tras otra palmo a palmo, requiriéndome de amores.

La primera bala, mansamente, abrió mis carnes, rasgó mis tejidos y rompió mi corazón en mil pedazos, llevado por los cabellos. Partiéndoseme el alma, comprendí, feliz, que amor con amor se traba.

Todo se llenó de rojo y sangre. Cecilia me llamaba desde el Paraíso, brincándole en su lecho el corazón.

Volé hacia ella como lirio sin espinas...

BIBLIOGRAFÍA

I. LA OBRA DE ARRABAL PUBLICADA EN CASTELLANO

Teatro

La marcha real, en vol. *Literatura española del último exilio*, Nueva York, Gordian Press, 1975, edición de Antonio Ferrea y Luis Ortega.

La torre de Babel (Oye, Patria, mi aflicción), París, Christian Bourgois, tomo XI, 1976, edición bilingüe.

En la cuerda floja (Balada del tren fantasma), en Rev. *Pipirijaina*, textos, núm. 4, segunda época, Madrid, 1977.

Pic-nic, El triciclo, El laberinto, Madrid, Cátedra, 1977, edición literaria de Ángel Berenguer.

Inquisición, Granada, ed. Don Quijote, 1982, edición de Á. Berenguer.

El rey de Sodoma, Madrid, ediciones M. K., col. Escena, núm. 38, 1983.

... *Y pondrán esposas a las flores*, Salamanca, Almar, 1984, Edición literaria de Peter L. Podol.

El cementerio de automóviles. El Arquitecto y el Emperador de Asiria, Madrid, Cátedra, 1984, edición literaria de Diana Taylor.

Tormentos y delicias de la carne, Barcelona, Destino, Col. Destinolibro, 1985.

Fando y Lis. Guernica. La bicicleta del condenado, Madrid, Alianza Editorial, Libro de Bolsillo, 1986, introducción y notas de Francisco Torres Monreal.

Teatro bufo (Róbame un billoncito. Apertura orangután. Punk y Punk y Colegram), Madrid, Espasa-Calpe, Col. Selecciones Austral, 1987, edición literaria de F. Torres Monreal.

Teatro pánico (El gran ceremonial. Los cuatro cubos. La primera comunión. Los amores imposibles. Strip-tease de los celos. La juventud ilustrada. Una cabra sobre una nube. ¿Se ha vuelto Dios loco?, Madrid, Cátedra, Col. Letras Hispánicas, 1986, edición literaria de F. Torres Monreal.

NARRATIVA

Baal Babilonia, Barcelona, Destino, Destinolibro, 1983, preliminar de Á. Berenguer.

Arrabal celebrando la ceremonia de la confusión, Barcelona, Destino, Áncora y Delfín, 1983.

La torre herida por el rayo, Barcelona, Destino, Áncora y Delfín, 1983.

La piedra de la locura, Barcelona, Destino, Áncora y Delfín, 1984, introducción y notas de F. Torres Monreal.

El entierro de la sardina, Barcelona, Destino, Áncora y Delfín, 1984, introducción de F. Torres Monreal.

La piedra iluminada, Barcelona, Destino, Áncora y Delfín, 1985, de F. Torres Monreal.

La virgen roja, Barcelona, Seix Barral, 1987.

La hija de King Kong, Barcelona, Seix Barral, 1988.

Cartas

Carta al general Franco, París. Ch. Bourgois, 1972.

Carta a los comunistas españoles y otras cartas (a Franco, al Rey, a Valladares), Murcia, Godoy, 1981.

Carta a Fidel Castro, Madrid, Playor, 1983.

Poesía

Sonetos pánicos, en *Índice,* núm. 205, 1966.

Cien sonetos, Berlín, Mezler Verlag (edición bilingüe), 1969.

Cuatro sonetos, en Siesta, Barcelona, julio, 1977.

Irreverencias de un anarquista divino, con ilustraciones de J. Baltazar, París, 1979.

La piedra filosofal, con ilustraciones de Baltazar, París, 1979, Cinco sonetos de cinco aguafuertes, con ilustraciones de J. Baltazar, París, 1980.

El espejo mutilado, París, 1980.

Poemas, con grabados de G. Visat, París, 1982.

Mis humildes paraísos, Barcelona, Destino, 1985. Prólogo de F. Torres Monreal.

II. ALGUNOS DE LOS LIBROS CONSAGRADOS A LA OBRA DE ARRABAL

Arata, L. O.: *The Festive Play of Fernando Arrabal,* University of Kentucky, Kentucky Press, 1982.

Arrabal en el banquillo, París, Frente Libertario, 1978.

Berenguer, Á.: *L'exil et la cérémonie (Le premier théâtre d'Arrabal)*, París, U.G.E., col. 10/18, 1977.

Berenguer, Á. y J.: *Fernando Arrabal* (reúne trabajos y opiniones sobre Arrabal de G. Serreau, A. Chesneau, J. M. Polo de Bernabé, Luce Moreau, I. Zeyss Anderson, David Mendelson, R. L. Farmer, José Ortega, V. Aleixandre, Max Aub, Samuel Beckett, J. Bergamín, C. J. Cela, B. Gille), Madrid, Fundamentos, 1979.

Cahiers du silence: Arrabal, París, Kesselring, 1977 (La mejor colección de documentos, fotografías, dibujos...).

Celli, Renata: *Il romanzo di Arrabal*, Lingue, Milano, 1989.

Chesneau, Albert: *Décors et décorum*, Quebec, Naaman, 1984.

Chesneau, A. y Berenguer, Á.: *Entretiens avec Arrabal: Plaidoyer pour une différence*, Grenoble, Presses Universitaires de Grenoble, 1978.

Daetwyler, J. J.: *Arrabal*, Lausanne, éditions L'Âge d'Homme, 1975.

Donahue, T. J.: *The theatre of Fernando Arrabal. A Garden of Earthly Delights*, Nueva York, University Press, 1980.

Emili, E.: *Teatro di Arrabal*, Trieste, Edizioni Umana, 1973.

Gille, B.: *Arrabal*, París, Séghers, col. Théâtre de tous les temps, 1970.

Golden, Laura P. *The novels of F. Arrabal*, New York, Rutgers, 1989.

Podol, P. L.: *Fernando Arrabal*, Boston, Twayne Publishers, 1978.

Premer-Kayser, B.: *Das dramatische Werks des Spaniers F. Arrabal,* Russelsheim, Verlag Im Bucherhaus, 1977.

Regio, C.: *Il teatro d'Arrabal,* Roma, ed. Umana, 1967.

Raimond-Mundshau, F.: *Arrabal,* París, éd. Universitaires, 1972. Col. Classiques du XXe siècle.

Schiffres, A.: *Entretiens avec Arrabal,* París, Pierre Belfond, 1969.

Steen, María S.: *El humor en la obra de Arrabal,* Madrid, Playor, 1988.

Torres Montreal, F.: *Introducción al teatro de Arrabal,* Murcia, ed. Godoy, 1981.

Impreso en el mes de febrero de 1990
en Talleres Gráficos DUPLEX, S. A.
Ciudad de Asunción, 26
08030 Barcelona